風の中の殺意

～千光寺時子・トリック犯罪シリーズ～

髙橋克滋

文芸社

もくじ◆千光寺時子・トリック犯罪シリーズ

風の中の殺意

約束の時間に遅れそうになった井上幸二は、町外れの別荘へと急いでいた。

辺りは少し薄暗くなり始めている。

《何とか間に合いそうだ》

キキキーッ。井上の車がガレージに滑り込む。既に約束相手の山根隆明の車があった。まだ外灯も室内にも明かりは灯されていない。

《来たばかりだな》

井上は、約束の時間寸前であったが、山根も来たばかりの様子に少し安心した。

玄関の呼び鈴を押すが、返事がない。

「ごめん下さい、山根さん…」

玄関のドアーに手をかける、カギはかかっていない。薄暗い部屋の中を覗き込み、

「井上です…入りますよ…どうされたのですか、電気も付けずに？」

井上は、以前にも来たことのある別荘……電気を付けながら入って行く……

別荘の中は静まり、風がカーテンを揺るがし応接間からクラシックがこぼれて来た。

「遅くなりました」

明かりをつけると山根は、窓辺の椅子に深々と腰をかけ、薄暗い海を見つめていた。

「アッ」

山根の前に回り込んだ井上は唖然とし、その場に座り込んでしまった。

山根の胸からは真っ赤な血液が滲み出ている。井上は必死の思いで立ち上がり、震える手を殺しながら受話器を取った。

「もしもし、もしもし、警察ですか?」

「はい、港警察署です、どうなされましたか?」

「人が、人が……」

「人がどうしました?」

「人が死んでいます」

「場所は、場所はどこですか」

「岬の別荘です、日本商事の別荘です」

「あなたの名前は?」

「井上です、井上幸二です」

「解りました、すぐ行きます、そこを離れないで下さい」

町外れとは言え、あまり遠くはない距離にある別荘、数台のパトカーがけたたましく駆け込んで来るのに、二十分もかからなかった。しかし、井上にとっては、長い時間であった。

まだ温もりの残っている死体に、

「道路封鎖、検問態勢、至急応援」

「はい」

三本刑事の指示に敏感に動く若手刑事の沢田は、本部に無線をいれている。

「こちら刑事課沢田、足摺岬日本商事別荘にて、殺人事件発生、各方面への道路封鎖及び検問態勢を取って下さい、なお現場への応援を願います」

「了解、直ちに手配する」

「なお応援隊は、現場迄の不審人物に対する職務質問を行なって下さい」

「了解」

現場検証を行なっている下山刑事は、井上に対し、

「凶器はどうした、凶器は……」

山根は、胸を一突き、凶器は先の鋭い刃物であろう、まだ見つかっていない。

「知りません、知りませんよ、私じゃない、私じゃありません」

「下山さん、ちょっと待ってくださ い、…井上さんでしたね？」

「はい」

「発見当時の状況をお聞かせ願えますか」

下山は、三本刑事の穏やかさが気に入らない。しかし、三本刑事は警視庁から地元警察に講師として招かれた、警視庁の切れ者刑事である。名前は三本健一、来訪して三日目の出来事である。

《お手並み拝見》と、署長より指示が出ているため口出しができない下山刑事課長は、《今に尻尾を巻いて逃げ出すだろう》と期待しているかのようだ。

若手刑事にとって、三本刑事は憧れの人であり、特に沢田にとっては、憧れであり、年齢差の少ない三本に対するライバル意識もないではなかろう。

「はい……」

井上は別荘にたどり着いた時からの状況を説明した。

「今から署の方でもう少し詳しくお伺いしたいのですが」

「はい」

「沢田君、井上さんに、本部までご同行願って、詳しい事情をお聞きするよう指示してくれないか」

「はい」

再び現場の検索を始めた健一は、

「沢田君、明かりを……」

「はい」

沢田は、懐中電灯を渡しながら、

「裏に出て見ましょうか?」

「いや、ちょっと待って……」

念入りに窓を調べ、裏庭を照らすと、ヒラリと身軽に飛び降りた。足跡のあるのを目ざとく見つけ、

「沢田君、鑑識官に足型を取らせて」

走り去ったものであろう、岸壁の近くで消えた。

「かなり大きめですね」

「沢田君、君と同じぐらいのようだね。捜査隊にこの辺り一帯をくまなく検索させること、凶器が出て来るかもしれない」

表てに回ると二台の車が残されている。

「井上と、山根の車ですね」

「はい、井上のが白のライトバンで、グレーのベンツが山根のもののようです」

「被害者の山根の仕事は？」

「消費ローン会社の幹部のようです。相当羽振りが良いのでしょうね、この別荘も最近買った、と言うより借金のかたに取ったとか」

「確かな情報ですか？」

「ええ、この町でも噂になっていました。日本商事に恨みを持つ者も少なくないのではないでしょうか」

健一と沢田の会話に、下山は腕組みをし、うさん臭そうに聞いている。

「先生、夜釣りをしている人がいましたので来てもらっています、会ってみますか」

中年刑事の小島が呼びに来た。

刑事達が、三本のことを先生と呼ぶのは講師である健一を立ててのことであろう。

「会ってみましょう」

夜も八時を少し回っていただろうか、ガレージに建てられたテントの中で他の刑事と話している山田という男がいた。

「どうも、お手数をかけます」

健一は愛想よく話しかけて行く。

「いえいえ、大変なことがあったそうですね」

「ええ…ところで釣れましたか?」

「今夜は少し良かったんですよ、見て下さい、良い形をしているでしょう」

男の名は、山田一彦、四十歳を少し過ぎているだろうか、小柄ではあるが、ガッシリとしている。

「漁師さんですか?」

「いえ、土木作業をしています」

「へえ~、それにしては、大した腕前なんですね」

「いえいえ、ここでは皆漁師みたいなものですよ」

「そんなご謙遜を。…ところで今日は何時頃から?」

「今日は仕事にあふれ、夕方四時頃から磯に向かい、釣り始めたのは五時頃だったと思います」

一彦は、誇らしげにクーラーの中を見せながら笑顔で話す。

横から釣り好きの沢田が身を乗り出し、

「それにしても大漁じゃあないですか。入れ食い状態ですね」

「入れ食い？……」

釣りのことは、あまり知らない健一は、沢田の方を見る。

「ええ、短時間にこれだけの枚数を釣り上げるには、あまり休む間もありません」

「何枚位ですか」

「そうですね、二十枚程だと思います」

「ということは、四時間足らず、一時間に五枚強ですね、面白かったでしょうね」

「それはもう～」

「ところで、不審な人物とか、物音を聞かなかったでしょうか？」

「ええ、先ほども刑事さんと話したんですが…気が付かなかったですね、なにしろ釣りに夢中になっていましたから」

「先生、入れ食い状態になると、近くの人が海に落ちても気が付かないことさえありますからね」

小島刑事も釣り好きらしい、横から口を挟む。

「イヤー、ありがとう、何か思い当たることがありましたらご連絡下さい」

「もう、いいんですか？」

沢田はまだ話が聞きたいようである。

「これからまた釣りに？」

「いえッ、今夜は帰ります、なにか物騒ですから…」

「その方が良いでしょう、また後日署の方へ来ていただくこともあるかも知れませんが、その節はよろしく…」

「ああ、いつでも」

荷物をまとめ、いそいそと山田は去って行く。

「沢田君、うらやましそうだね」

「ええ、まあ……」

事件がなければ今すぐにでも飛んで行きそうである。

「ところで、山田さんは歩いて来たのだろうか？」

近くに車もなく、町の方へ去って行く山田の後ろ姿を追いながら健一が呟く。

「この辺の人は馴れていますからね。それにしても重そうですね」

捜索は、夜明けまで続けられたが、目ぼしいものを見い出すことは出来なかった、捜査隊を入れ替え、海中を捜索することにし、警察官を少し残し、一旦、本部に引き揚げることにした。

本部の取調室では、井上が質問攻めにあっている。

「三本君、このヤマは君の力を見せてもらえそうにないですな、ハハハハ」

署長はいかにも満足そうに、

「まあ、ベテランの下山課長に任しておきたまえ」

「署長、井上は任意のはずでは？」

「三本君、井上は山根と、ここ何日か口論しているんだよ、商工ローンからもかなりの借金もしているし、金銭のもつれからの犯行だろう」

「井上は認めたのですか？」

「まだ自供はしていないが、下山君にかかったらシラを切り通せんよ」

任意同行のはずであったが、井上は、第一容疑者として取り調べを受けていた。

「まあ〜今日のところは、ホテルにでも帰ってゆっくりお休み下さい、ハハハハハ」

署長は、《君の出番はないよ》と言わんがばかりに署から追い出した。

「先生、犯人は井上に絞られたようですね」

健一と行動を共にしていた沢田も休むよう指示され、署から出て来た。

「沢田君、私はもう一度犯行現場へ行ってみるよ、何か見落としている……」

健一は、沢田を後に現場へ足を向ける。

「先生、乗って下さい、私も行きます」

自家用車に乗った沢田が追って来た。

「まだ見つかっていないようですね」

朝から再開されている、アクアラング隊による海中捜索の方に目をやり呟く。

「もう一度別荘からの散歩道をたどってみよう」

健一と沢田が岸壁へ続く散歩道に差しかかろうとした時である。

「痛いわよ！」

「立ち入り禁止の表示が出ているだろう。どこから入って来たか知らないが、捜査の邪魔をしちゃあ困りますね」

「そんなに強く引っ張らなくても出ますよ、痛いわね、全く、か弱い女性は優しく扱うものよ」

「へッ、何がか弱い……。もういい年なんだから物事の分別くらい弁えなさい」

「いい年とは何よ、貴方こそ言葉に気をつけなさい。まったくこの頃の警察はなっていないわね……」

賑やかな団体がやって来る。その団体の中の婦人を見た健一は思わず、

「アッ」

逃げ腰になる健一を、目ざとく見つけた婦人は、

「アラッ、健ちゃん、健ちゃんじゃないの。貴方どうしてここに?」

健一は、慌てて婦人の手を引っ張り、

「伯母様、捜査の邪魔をしちゃあ~だめですよ」

「アラッ、邪魔なんかしていないわよ。フラッと散歩していただけなのに何よ、あの若僧、偉っそうに……」

かなりのおかんむりの様子である。

「ところで伯母様、どうしてここへ?」

東京にいる伯母が、いくら物好きとは言え、こんな遠くの田舎町へ、と不思議に思う健一であった。

「あらッ、健ちゃんこそどうして?」

「僕のことより伯母様は?」

健一の少し怒った口調に、

「私は、ツーカー旅行中……」

「ハハアー、いつもの老人クラブ……」

「老人クラブとは何よ。こう見えても、まだまだ老人の仲間入りはしていないわよ」

　確かに、お嬢様とは言えないが、年齢より遥かに若い、健一の父の一番上の姉である。六十を少し回ったくらいであろうか、実のところは健一にも教えない。

　時子夫婦には子供がなく、健一を我が子のように可愛がっている。

　時子の夫、千光寺は、警視庁の長官を務め定年退職、今は時々警察学校の教官として出向くぐらいである。時子も昔は婦人警官であり、犯罪心理学を専門としていたようであり、合気道の達人だ、と本人は言っている。実のところはあまり分からない。しかし、健一も子供のころは、時子夫婦の所で、合気道を教え込まれ、今ではかなりの腕で、大会では常に上位、トロフィーも少なくない。

「それで犯人はわかったの？」

「容疑者はいるものの、まだ確定までは……」

　健一にからんでいる、と思った沢田が、

「先生、捜査の邪魔でしょう、連れ出しましょうか？」

「沢田君、君じゃ無理だよ」

「そんなことはありませんよ、サアー早く出て出て」

無理矢理にでも連れ出そうと、時子の肩に手が触れようとしたとき、すでに沢田の身体は宙を舞っていた。

「………」

何が起こったのか……沢田すら理解し得ない早業である。

「アラッ、ごめんなさい、大丈夫？」

「アハハハハ。だから君には無理だと言っただろう」

「……先生、お知り合いの方ですか？」

「紹介するよ、私の伯母で千光寺時子、合気道の達人だそうです」

「エッ、これはどうも失礼致しました。道理で……。それにしても先生、人が悪いですね、それならそうと……」

「私の方こそごめん遊ばせ、ホホホホ」

「しかし、どうなったのですかね、身体がフワ～ッと浮き上がって……？」

大柄な沢田の身体が物の見事に、まるで鳥の羽のように宙に舞い、ほとんど衝撃もなく枯れ葉の上に着地、本人はキツネにつままれたように、キョトンとしている。

「健ちゃん、犯人はあまり大きくない人のようね」

「ええ、僕も不審に思っているんです」

「イヤー、それはおかしいですよ、あれだけ大きい足跡、あれが犯人の者であれば、どう見ても私とあまり変わらない人間だと思います」

「ところがね沢田君、何度も足跡を見ているんだが、どうしても辻褄が合わない点があってね」

「どうしてです、これだけハッキリした足跡、小柄な人間の足跡ではありませんよ」

「ホホホホ。沢田さん、そこから岸壁の方へ走ってごらん。そう、思いっきりよ」

「エッ、僕がですか、どうして？」

「いいからいいから。ハイッ、ヨーイ、ドン」

「よして下さいよ、幼稚園の運動会じゃあるまいし」

そう言いながらも言われるがままに走る沢田にお人よしのところが出て来る。

「やっぱりね」

「ええ」

「どうしたんですか、何がやっぱりなんですか」

「アアー、それはもう少し後で……」

「もったいぶらずに教えて下さいよ」

「沢田君、歩幅よ、歩幅」

「歩幅？」

沢田は頭を傾げながら二人の後から歩いて来る。

「おや、何か出たようだ」

海中を捜索していたアクアラング隊に変化があった。

「凶器が見つかったようです」

いち早く、沢田が聞き付けて来た。

「それにしても随分沖まで捜索範囲を広めたもんだね」

「はい、岩場から三百メートル程ですね」

「それ程あるの？」

「はい、海は広いので目安になるものがありません。人間の大きさだけで判断しなければならないのですよ」

アクアラング隊が引き揚げて来たのは、四時を回っていた。

「良かったですね、引き潮になり始めたので、これ以上は難しくなるところでしたから」

さすがに沢田は、漁師町育ちだけに海のことには詳しい。

「本部の方に帰りますか？」

「いや、発見されたサバイバルナイフは、鑑識の結果が出るまで時間がかかるだろう。少し散歩がてらに回ってみたいね」

三人は、潮風を受けながら散歩路をゆっくり歩き始めた。

「ところで伯母様、付き添いの方は？」

「付き添い？」

「ええ、伯母様の介護士…」

「コラー、老人扱いにするな」

「先生、伯母様のお連れの方は、ホテル迄お送りしました」

沢田は、クスクスと肩を震わしながら報告している。

「気持ちが良いわね〜。こんなところで殺人があったなんて、とても考えられない」

「ここは、昼間の風は優しいのですが、夜になると風向きが変わり、強くなる所なんですよ」

「そう言えば、昨夜も相当吹いていたね、君の帽子が飛びそうになって、慌てていたからね、ハハハハ」

「あら素敵、都会では味わえないわね」

「あの鳴き声は、メジロって言う小鳥です、動きも機敏で可愛いですよ」

時子は、足摺の自然を満喫している。

「アレッ、健ちゃん……あそこを見て、ほれ、あの木の枝先……」

「何でしょうね。子供が投げたのでしょうか？」

木の葉を風がくすぐるたびに、夕日に反射し、キラキラと光っている。

「ちょっと、取れないかしら…？」

「沢田君」

「先生、勘弁して下さい、海ならともかく、高い所は……」

「アラッ、高所恐怖症なの？」

「お恥ずかしいですが……」

「なら、健ちゃんね」

「はいはい」

健一は、身軽にスルスルと登る、しかし枝の先までは無理である。もう少しで手が届きそうなとき、突然、

ボキッ、ザザザザザー
「健ちゃん大丈夫……」

「ハハハハハ。大丈夫。さすが先生、伊達に鍛えていませんね」

健一は一回転し、見事着地、手にはしっかりと糸の巻き付いた小枝を持っている。

「あら、風船ね」

糸の先には重りが結ばれている。

「この重りを浮かしていたのですかね」

「糸の数からして、かなりの数の風船、充分持ち上げるでしょう」

「子供の遊びにしては、随分地味な色の風船ね」

時子は、用心深く手に取り、ハンカチーフに包み鞄に入れた。

「今日は釣り人もいないようですね。やっぱり、事件のあった後だけに敬遠しているのでしょうかね」

沢田は、岸壁から磯場に目を向け、独り言のように呟く。

「少し寒くなって来たわね……」

ジーッと何かを考えていた健一は、時子の方を見た。健一と目の合った時子は、

「……貴方も？」

「伯母様……」

「急ぎましょう」

二人はバックにくるめた風船が気になってきたのである。

署に帰った三人は鑑識の結果をイライラしながら待っている。

「出ました、微量ですが、風船の中は最も軽い物質で水素ガスです。指紋の方は無理でした」

「そうですか、指紋はダメですか」

「ただ、風船にほんの小さな穴が空けられていますね」

「穴が？」

「枝に引っかかった時に出来た穴でしょう」

「沢田君、枝に引っかかって穴が空けば破裂するはずだよ、前もって故意に空けられたものだろう」

海中から発見されたサバイバルナイフの判定も出たようである。

「海中から発見されたナイフと、被害者の傷口とが一致、血液反応は出なかった

が、犯行に使われた凶器には間違いないものと見られる」

「これで井上も観念するだろう」

「これで一件落着」

手を叩いて喜ぶ署長である。しかし井上は否認している。

捜査本部は、肩の荷を降ろしたかのように早めに切り上げることになった。

ホテルでは退屈だからと、時子は健一を呼び出していた。

二人が顔を合わせると、当然話は事件のこととなる。

「健ちゃんはどう思っているの」

「井上の犯行として考えるには疑問点があります。確かに足跡の大きさは井上のと同じです。山根を刺し殺し、岸壁まで走り凶器を投げ捨てる、しかも到底人間の力では届かない距離まで。別荘まで帰るには急いでも二十分はかかる、なのに全力疾走をしていない、また帰りの足跡がないのはどうしてか…

第二に、我々が犯行現場に着いたのが、通報があってから二十分、その時まだ血液が滲み出ていた、少なくとも四十分以上経っているはずです。

第三に、凶器を捨てに走り、どうして別荘へ帰って通報するのか、そのまま逃げるだろう、仮りに他の犯行に見せかけるのであれば足跡は残さない、残すのであれば自分の足跡でない物を残すはず」

「井上の犯行に見せかけるとすれば」

「その線が強いと思います」

「殺された山根だけれど、どんな人物だったの？」

「山根については地元の人はあまり知らないようで、最近流れて来た、という感じで、あまり良い話は聞きません」

「日本商事は？」

「日本商事も、知っている人はいますが、騙されたという人が多く、被害届も出されています、ただ証拠不十分で内偵中です」

「夜釣りをしていた、山田はどうなの？」

「山田本人は何も言ってはおりませんが、彼も被害者の一人のようです、五年前に会社が倒産、借金を苦に奥さんが自殺をしています。その時、日本商事に騙された、とこぼしていたそうです」

「山田が釣りに出かけたのが、夕方の四時、犯行があったのが六時、職務質問にあったのが八時、…しかも、四時から八時までの間誰とも会っていない、ただ、殺人を犯している暇はない、よね」

「彼が犯人として、井上の来る寸前に、物音を立てず刺し殺し、窓から岸壁に走り、凶器を投げ捨て、別荘の手前まで引き返し、磯場へ向かう。この間、時間にして、早くても四十分、しかも投げ捨てたナイフは人間の力ではとても届かないところ……」

「……キャスティング、健ちゃん、投げざおで投げたら？」

「その線でも検討したのですが、沢田君の話では、投げざおでもせいぜい百メートル、岸壁からだと三百メートルは投げなくてはいけないことになります、下の磯まで降りるのは猿でも不可能、いくら大潮で、引き潮だったとはいえ、それ程流されるナイフではありません」

二人の議論は、遅くまで続けられたが、結論には至らず健一が自分のホテルに帰り着いたのは午前様であった。

翌朝時子は健一をたずねて（とは言っても口実であるが）、署の中へ入って行った。

「署長、伯母の千光寺です」

「初めまして。健一がたいへんお世話になっているそうで、ありがとうございます」

「ハア～、三本君、ちょっと……」

署長は健一を部屋から連れ出し、

「君、困るじゃあないか。ここは学校じゃないんだよ、父兄参観でもあるまいし」

「誠に申し訳ありません、偶然旅行中で現場近くで逢ったものですから」

「言い訳は聞きたくない、何時迄もお寝んねでは困ったもんだね」

署長は頭から湯煙を立てているようである。

「署長、署長」

沢田が署長を手招きしている。

「何だね」

「実は、あの伯母様は元警視庁長官の奥様で……」

そこまで話すと、署長は青ざめ、

「すると三本君は」

「はい、元長官の甥御さんです」

今度は、あまり暖房も効かしていないのに汗を拭き出して驚ろき狼狽する署長に、沢田は思わず吹き出しそうになった。

「イヤー、驚ろいた、すると君が長官の……。そう、イヤイヤ、ただ者ではないとは思っていたのですが……。そうですか、やっぱり」

　次の言葉が出ず、ただ汗を拭くばかり、

「イヤー、初めまして。はるばるようこそ、お噂はかねがね…」

　何を言っているのやら……。

「応援、わざわざ本当にありがとうございます。イヤー、三本さんには本当に助けられています、ハイ」

　額は、滝のような汗である。

「これが凶器ですね」

「はい、判定の結果、犯行に使われたものと断定されました」

　ビニール袋に入れられたナイフを見ていた時子は、

「署長さん、この柄の所に着いている白っぽいのは？」

「ああ～、それは粘着テープの跡です」

「そう。どうして粘着テープが？」

「良くあるじゃないですか、ホラ、値段を貼ってあるテープが」

「そうよね、でも変ね、少し多過ぎやしないかしら？」

　そう言えば、粘着テープの跡は柄の半分近くある。

「それに、このナイフ、買って間もないものかしら……？」

「ちょっと、伯母様、首を突っ込むのはそれくらいにして旅行を楽しんで下さい」

「あら、旅行は何時でも出来るわ、でもこれはね……」

「もう、又病気が始まった」

諦め顔の健一である。

「署長、変死体が発見されました」

「へんしたい？……」

殺人とか、変死体とか、まれにしかあり得ない田舎町。署内は騒然とした。

「沢田君、行くよ」

二人、いや時子も素早く車に乗り込んでいたので三人である。

「アレッ、伯母様……」

「いいから、いいから、レッツゴー！」

向かったのは町の中心部から車で一時間程離れた山中であった。車から降り、少し歩かなければならない。

「伯母様、大丈夫ですか？」

「なにを言っているの沢田君、しっかりしなさい」

沢田は、時子の後ろから声をかけている。

「置いて行くわよ」

「ちょっと待って下さい」

「だらしがないぞ、沢田君。地元だろう?」

「先生、私は海育ちで、山は苦手です」

現場は、既にロープが張られていた。山中にもかかわらず、周囲には見物人も少なくない。

「ご苦労様です」

警官に迎えられ、健一が死体を探る。

「身元は?」

「まだ確認されていません」

「登山、山菜採りの類いではないわね」

時子は身形から、地元の人間ではない、と見ている。

「年齢は五十歳ぐらいですね」

沢田も、息を切らしながら覗き込む。

「自殺か、物取りの犯行でしょうか」

「財布、時計なども見当たらない。ただこれだけの身形をしているのに名刺らしき物もない。物取りにしては、名刺迄持って行くだろうか?」

「自殺にしても、遺書は残しても、身元を隠すのはおかしいわね」

死体は、切り立った岩肌の下に横たわり、頭部からかなりの出血をしている。

「頭部を鈍器で強打したもので、それが致命傷となったようね」

「この顔、腕、足の擦り傷は、あの上からの転落、と見ても良いでしょうか?」

時子と健一の会話になかなか割り込めない沢田は、ただうろうろしている。

「先生、上に登ってみましょうか?」

「あれ、沢田君登れるの?」

「伯母様、これ位なら」

「伯母様、ここから」

健一は、岩肌への登り口を見つけたようである。

「ウワー」

「どうした、沢田君、大丈夫か?」

沢田は登ったものの下を見下ろし、足が動かなくなったようである。

「かなりの高さですね」

「どうしてこんな所へ？」

遺書もなく、身元を判明する物もない、死後かなりの時間が経っている。

「発見者は？」

「はい、あそこに」

テントの片隅の椅子に腰をかけ、脅える老婆が青い顔をしている。心なしか震えているように見える。

「少し取り乱してはいましたが、今は落ち着いて来たようです」

「お婆ちゃん、大丈夫ですか」

「はい、あまり大丈夫じゃあ、ねえです」

「ちょっと、お話を聞かせてもらえますか」

「ええけんど、話し方は知らんきに、勘弁して貰えるかよ」

「僕もあまり知らないんです、変なことを聞いても笑わないで下さい」

「ハハハ…悪い悪い。面白い警察じゃのう。わしゃあ、警察ゆうたら、怖いもんと思うちょったけ、許しとうぜ」

健一の呼びかけに、老婆の顔に赤みが差して来た。

「お婆ちゃん、山菜採りにはよく来るのですか？」

「うちが近いもんじゃき、ひいといい置きに来よら〜よ」

「それでは、一昨日も?」

「ああ、おとといの朝もここを通った」

「一昨日は、何時頃通りました?」

「あの日は、家を出たがが、孫に飯を食わしてからじゃき、七時頃じゃったかのう。畠の草をのけちょいて、帰るときに通ったがが昼飯のときじゃったろうと思う」

「その時は、何事もなかったのですね」

「そうじゃ、普段と、ひとっちゃあ、変わらだった」

「お婆ちゃんの家は、どの辺です」

「あてんくは、こっから、ちょっと、いったくよ」

「……?……沢田君、ちょっと」

「先生、わからんがかよ?」

「……?」

「ハハハハ……すみません」

沢田の通訳では、老婆の家はここから歩いて約二十分ほどの所にあり、息子と、二人の孫の、四人暮らしらしい。

「ということは、硬直状態から見て、一昨日の昼から、昨夜までの間の出来事だろう」

「検死の結果を待つことにしましょう」

「手掛かりは背広の、堀田の文字だけですかね?」

「所持品が何もない。厄介だね」

「先生、一度署に帰り、ガイシャの身元を調べましょう」

「沢田君、随分進歩したね」

「ありがとうございます」

「あれ、沢田君。伯母を見かけなかった?」

「ああ、あそこにいらっしゃいます」

時子は、いつの間にか岩肌の上に登っていた。健一も再び岩肌の上に登り、

「伯母様、危ないですよ。帰りますよ。おばさま……」

「……健ちゃん、ガイシャはここから転落したのかしら?」

「落ちたのであれば、角度からしてここでしょうね」

「…………」

「何か？」

「落ちるとき、もしくは落ちてから後頭部を岩に強打したのであれば、どうしてここに血痕があるのかしら？」

時子の示す所に、かすかに血痕らしきものがある。ほんの少量であり、見逃したのであろう。

「落ちるときに傷付いたものであれば、もう少し下の方に付くはず……？」

時子は、不審に思い考え込んでいるうちに時間の過ぎることすら忘れていた。

署に帰るまで、時子も健一も何も喋らない。なにか深刻に考え込んでいる。

沢田も切り出しようがなく自然と無口になっていた。

「物取りの線にしては、おかしいよね」

「一人でわざわざ物取りに会いにあんなところまで行く訳がありませんからね」

署に帰った時子達は、やっと言葉をかわした。

「やっぱり、自殺でしょう。あんな所へ一人で行って誰にも発見されず二日近くも…」

沢田は、やっと口を挟むチャンスが来たとばかりに話し出す。

「いや、自殺と決めつけない方がいいよ。自殺であれば、財布は？時計は？家族からの捜索願いは?……とにかく、身元を洗うことが先決だろう」

刑事課に検死の結果が届けられた。

「死因は、後頭部の強打による脳挫傷。死後二日と推定される。自殺、他殺の両面から捜査に当たる。一課は、田島課長の指揮の下他殺の面で捜査を進める。二課は、和田課長の下で、自殺の面で、身元調査を急ぐこと。

なお、特捜班は、下山課長の下で別荘殺人の捜査に全力を尽くすこと。応援の必要なときは随時増員する。中村署、宿毛署、須崎署、いずれも応援態勢を取ってくれてはいるが本署としてのメンツがある、各人自信と誇りを持って当たってほしい」

時子と健一は、フリーとなり全体の流れを見ることが出来た。いつの間にか時子も清水署の一員になっていたことがおかしかった。

「何で僕が身元確認?」

不満そうに呟く沢田は、健一達と行動を共にしたかったのであろう。

「ぼやかない、ぼやかない。身元調査が進まないと事件の糸口が掴めないだろう、一刻も早く身元を確認し合流すれば良い」

「そうですよね、頑張ります」

単純と言うか素直と言うか、憎めない性格である。

「伯母様、旅行の方は良いのですか」

「ああ、友は既に九州の旅人よ。帰りのコースが同じだから合流するかも」

合流しないと言っているようなものである。

「それじゃあ、今夜は久しぶりに少しブラついて見ますか？」

小さな町とは言え、夜の繁華街は意外と人通りが多い。しゃれた看板にひかれ、

「覗いてみましょうか？」

「思ったより良い店ね」

静かな雰囲気の漂う店内には、少し小太りではあるが、和服の似合うママと、バーテンに女の子が二〜三人。まだ早い時間帯なので客の入りも少ない。

「まずは再会を祝して」

「乾杯」

事件続きでゆっくり出来なかった二人は、今日再会した気分であった。

「お客様は、どちらから？」

若いとは言い切れないホステス、美代子が愛想良くボックスの中に滑り込んで来た。

「東京です」

「やっぱり、なんとなくアカ抜けしているから都会の方だと思ったわ。良い所でしょう、空気はおいしいし景色は良いし星は綺麗だし。ホステスは美人だし、フフ…」

なんとなく憎めない入り方である。かなりのベテランであろう、と言って、口車に乗りベラベラ喋り出す時子たちではない。

「ちょっと遊びに来たのだけれど、本当に良い所ね。海の青さと、空の青さの中に何か溶け込みそう、疲れを忘れますね」

時子は、健一と今迄の確認をしたかったのだがそうもいかない。

「健ちゃん、そろそろ…」

「そうですね」

帰ろうと席を立ちかけたとき、

「おい、井上の女がいるだろう」

バーテンに浴びせかける声がした。

「サア、知りませんね」

あまり目付きの良くない男たちが四~五人バーテンの襟を掴み絡んでいる。

「乱暴はよして下さい」

「店長を呼べ、店長を」

「店長は、買い出しに行っていませんよ。他のお客さんの迷惑になります、静かにして下さい」

「なにを！」

今にもテーブルを引っくり返さんばかりの勢いである。

「私が責任者です。どんな御用か知りませんが、もう少し穏やかに話しましょう」

「テメエ」

荒だてようとするチンピラを兄貴株が制し、前に出て来た。

「井上の女がここにいる、と聞いて来たのだが素直に出してもらおうか」

「井上の女と言われても、どちらの井上さんでしょうか。ここには井上なんて女の子はいませんん、いきなり井上の女、と言われても答えようもありませんわ」

一歩も引かない女将に、男たちはますます声を荒だて、

「井上言うたらな、この前兄貴を殺した奴よ。その井上の女がおるはずや」

「まあ〜ッ、それは災難でしたわね、ご愁傷様です。心からお悔やみ申し上げます。でも見てのとおり小さな店です、逃げも隠れも出来ませんわ。どの女がそう

ですか」

女将は男たちが女の顔を知らないと確信し強気である。

「ええ度胸じゃないか、オウ」

兄貴分らしき男が、顎で子分を促す。

「オラオラオラ、見せもんじゃねぇぞ」

男たちは荒々しくテーブルを回り、健一達の所に来た。健一達は何食わぬ顔で話していた。それが気に入らないようである。

「おい、若いの。今日は閉店だ、サッサと帰んな」

「あら、閉店って早過ぎやしない、まだ八時よ。それともこの町の閉店は早いの」

「やかましいババア、この店は閉店だ。飲みたけりゃ他の店に行きな。サッサと足の立つうちに帰んな」

他の客はコソコソと帰り始めた。健一の横では、ホステスの美代子が青ざめた顔をしてジッと我慢している。

様子からして男たちの探している女性であろう、たまりかねた美代子が立ち上がろうとするのを捕まえ、ニコッと笑って見せながら、

「貴方たち、もう少し穏やかに話したらどうなんですか。この土地の方ですか」

「なんだと。土地の者でなかったらどうするつもりだ」

健一の声に、一人の男が襟を掴み、引き上げた。

「やめて下さい」

止めようとする美代子を、今度は時子が止めた。

「オー、お前か。井上の女は…」

健一を離すと、今度は美代子を捕まえた。

「やめたまえ」

美代子を掴んだ手を、素早く逆手に取り出口の方へ進む。

「イテテテ、この野郎何をしやがる」

男は、威勢は良いが、ねじ上げられた腕の痛みに口すら曲がっている。

「この野郎…」

他の男たちが後ろから襲いかかろうとするが、兄貴分の悲鳴に手が出せない。

後ろから罵声を浴びせながら付いて来る。健一はおかまいなしに、手を緩めず店の外へと出た。

「テメエ、日本商事の者と知って楯突いているんだろうな!」

「ああ、そうですか。ちょうど良かった」

「何が良かったダ」

言うが早いか、怒涛のごとく、突き当たって来る。健一は身を翻し、サッと避ける。

「ウワー」

的を外し、ドッと前に倒れ込む、四人の男に囲まれた健一は、身構え一つせず平然としている。

《何事か》

周囲は、ヤジ馬の人だかりとなった。

一方、店の中では美代子たちが心配そうに外の様子を伺っている。

「大丈夫よ」

時子は優雅にグラスを傾けながら笑っていた。

「でも、ちょっと気になる事もあるから、警察へ電話して下さる。刑事課の沢田さんを呼び出して下さい」

「は、はい」

バーテンはすぐに受話器を取った。

「アッ、刑事課の沢田さんを」

「はい、沢田ですが。貴方は?」

「ちょっとお待ち下さい」

「沢田君、ワタシ。千光寺…」

「アッ、伯母様」

「アッ、すみません」

「イヤネ～、貴方の伯母様じゃないのよ」

「いいのよ。ところで、ちょっと来て下さる。例の日本商事の社員らしき男たちが来ているの。聞き出したいことがあるのだけど、今、聞き出せるような状態ではないの」

「はい、すぐに」

表ではヤジ馬の手前、引っ込みのつかなくなった男たちは、健一を囲み強がっている。

「てめえ、どうしても痛い思いをしたいようだな」

「別に痛い思いをしたい訳ではなく、ちょっと聞きたい事があるだけなんだがね」

「ウルセイヤイ、テメエに話すことなんかネエヤイ」

「ヨー、兄ちゃんヨー、この落とし前、どうつけてくれんのか聞かしてもらおうじゃないか」

あまりにも、平然とする健一に、男たちはいつもと勝手が違い、急には飛び出せない。ジリジリと囲みを縮めて行くだけである。

「兄ちゃん、加勢しちゃおうか」

漁師町である。威勢の良い声が飛び込んで来る。健一は声の方へ手のひらを向け、静止している。その様子が、男たちに火をつけた。

「コノー」

一人の男が健一に掴みかかって来る、身体に手を触れさせることなく、サーッと躱す。

「どうした、しっかりしろ」

「ハハハハハ」

群衆からドッと笑い声、他の三人がいっせいに健一を掴んだ。

「アッ」

息を飲み込む群衆。

「ウッ」

「ウワーッ」

三人が同時に道路に寝そべった。群衆すらどうなったのかわからなかった。

「畜生…」

後ろから一人が飛びかかろうとしたとき、

「暴行現行犯で逮捕する」

いきなり手首をねじ上げられ、手錠をかけられた。驚ろいたのは他の三人、逃げ出そうとしたが既に遅く、他の刑事にあっけなく捕まってしまった。

「先生、大丈夫ですか?」

「ああ、ありがとう。またどうして?」

「もう少し見ていようかな、と思ったのですが、可哀想になって…。いえ、あの男たちがね、それで捕まえました、へへへ」

「片付いたようね」

いつの間にか、時子と美代子が出て来ていた。

「沢田君、ちょっと彼女と話があるから、後は任せるよ」

「はい。でも、僕も残りたいですな…いえ、冗談ですよ、ハハハハ」

「あっ、それから、今日の死体の男の写真を彼らに見せてみてくれるかね」

「エッ」

「いや、念のためにね」

沢田に耳打ちし、笑いながら店内に消えて行った。

「ありがとうございました」

ボックスに腰をおろす健一に、女将は深々と頭を下げながら、

「一時はどうなることかと…」

「よくあるのですか?」

「いいえ、口論になることすら、めったにありません。まして今日のようなことは…」

「ママ、本当にすみませんでした」

美代子は泣きながら謝まっている。

「美代ちゃん、それはお客様に言うことよ。それに、貴女には何の落ち度もないじゃない、気にすることはないわよ。サアサアお客さんのグラスが空いているわよ」

「はい、ごめんなさい」

美代子は涙を拭きながらグラスを満たし始めた。

「ヤアー、ママ大変だったね」

「いえ、まあね」

騒動のあった後の物珍しさか、続々と客が入り始め、いつの間にか満席状態になっていた。群衆の中に交じっていた顔も少なくはないようで、健一の話に持ちきりである。

「伯母様、出ましょうか」

「健ちゃん、まだよ」

時子は、これからが大事なんだ、とウインクをして見せる。健一もわかってはいるのだが、照れ臭さが先立ち、ボックスの隅に身を寄せていた。

「美代ちゃん貴女、もしかして井上さんの?」

「……はい、家内です」

「そうなの。心配ね…」

「…主人は、あんなことの出来る人ではないのです。どうして…」

「大丈夫よ、きっと解決するわよ」

「………」

「ところでね、山田一彦さん、て方、知らない?」

「知っています、主人の幼なじみです」

「今もお付き合いを?」

「以前は親しかったのですが、今はあまり。でも時々気を使って電話をくれます」

「そう、山田さん、以前はどんなお仕事を?」

「以前は会社を経営していたんです。熱気球やアドバルンの製造販売、リース等幅広くやられていました。でも、この不況でしょう、大変だったようです。主人の所へも何度か相談に来ていました。でも、私たちのところも余裕なんてものは全くなかったもので……」

店内では、しばらく健一の話題が続いていたが何時の間にか下火になり、話題が変わっていた。

「おい、知っちゅうか、今日北山で変死体が発見されたのを」

「知っちゅう、知っちゅう。五十位の男だろうが」

「俺、目の前で見たがぞ」

「死体を、か?」

「ああ、あの男、どっかで見たような気がするんじゃが……。思いだせん」

「地元の人間じゃなかったろうが」

「地元じゃったらわからーや」

時子の狙いは、ここにあった。

別の席からは、

「おまんは、どうする?」

「おらん家は……親父がウン言わん。おらー、いまがええ時じゃと思うがのー」

「そうよのー、あの頑固さじゃあ、すぐの返事がむりよのう」

「おまんは、どうするがな?」

「おらん家は、進めゆう。そろそろ船も替えにゃあいかん、マア、渡りに船よ」

「おまん家のは荒れ山じゃ、売れ売れ」

「荒れ山でも植林山でも、こうなったら問題外、要は広さよ、広い方が勝ちよ!」

「親父が渋るがは、その問題よ」

話では、この近くの山を買い付けに来ている人物がいるようだ。

「……思い出した」

「なんなや、急に」

「いや、さっきの死体の男」

「おうおう、今朝の死体か」

「あの男、一回おらん家へ土地を世話してくれ、言うて来ちょった男じゃ」

「そんで、誰な」

「何か、日本商事と言いよったと思うが」

時子の目が輝いた。

「健ちゃん、そろそろ帰りましょう」

夜もとっぷり暮れ、星空が綺麗だった。

翌朝、署に顔を出すや否や、

「三本君、昨夜は大乱闘をやらかしたらしいな。相手に非があるとは言え、刑事であることを忘れてもらっては困るね」

署長は、この時とばかり健一を呼び付けお説教である。

「署長、昨夜の男から重大なことがわかりました。殺された山根は、日本商事の部長。殺されたことを知った男たちが東京から駆けつけ復讐するつもりだったようです。それに昨日の変死体の身元も、何と、驚ろくではありませんか、日本商事の幹部です。名前は堀田栄、五十三歳。何かゴルフ場を作る計画のため山根と共に下見に来ていたようです。昨夜の男たちに写真を見せたところ、五人共驚ろいていました」

横から、沢田が報告を兼ね助け舟を出す。

「三本君、あの五人を知っていたのかね」

「日本商事だ、と男たちが名乗ったので知りましたが、他のことは知りません。ただ、変死体も、あの男たちも、よそ者です。何か繋がりがありそうな気がしただけです」

「要するに、刑事の勘というところですよね」

「沢田君、勘だけで大騒動したわけではないんですよ。井上の女を探していたので、少し話を聞きたかったためなんです」

「まあッ、次から気をつけてくれたまえ」

「はい、申し訳ありませんでした」

署長の言葉がどうしても納得のいかない沢田は、

「署長は何一つわかっていないのだから」

「沢田君、あれも署長の仕事」

「しかし……」

「いいじゃないか、身元もわかったことだし、また共に行動出来るからね」

「そうですね」

すぐに機嫌のよくなる沢田である。

「それより、解剖の結果が出たのでは」

「ああ、そうそう。死因はやはり、後頭部の強打、ほぼ即死のようです。死後二日、その他の外傷は、岩肌を転がり落ちた時のもののようです。岩山の上にあった血痕も死体と同じ血液でした。胃の中に少量の睡眠薬が検出されています」

「……殺しの線が強くなって来たな」

「やはり、殺しでしょうか？」

「自殺であれば、あの岩山の上か、その近くで睡眠薬を飲む必要があると思う？　薬を飲んで、ふらふらしながら飛び降りる？　それに第一岩山の上に血液が着くこと自体、おかしい」

「すると、誰かに薬を飲まされフラフラしているところを、鈍器で殴られ転落、ということになりますね」

「ウムッ、そういうことだろうね」

「でも、同じ日に同じ会社の幹部が殺された、となると日本商事に恨みを持つ者の犯行の線が強くなりますね」

　山中へ聞き込みに出掛けていた刑事も、次々と帰って来た。

「よそ者を見かけた者はいないですね」

顔なじみの者ばかりの町であり、よそ者の動きは目立つので良くわかるはずである。

「ただ、不審な車が止まっていたのを見た者はいます。あまり見かけない車のようですね」

「車の車種は？　色は？　ナンバーは？」

署長がまくしたてる。

「車種もナンバーも不明。わかっているのは大きいネズミ色の車。目撃者の話では、こんな小路によく入って来たものだ、と感心したそうです」

不審な車の発見者は、あの老婆である。

「健ちゃん、行くよ」

「沢田君、君も」

「はい、通訳、通訳」

三人は再び山中へと急いだ。

「ごめん下さい、伊藤さん…。ごめん下さい…。おいでませんか？」

「何ぞね」

「あッ、お婆ちゃん、昨日はありがとうございました。早速ですが、見かけない車を見たんですって?」

「ああ、あの車のことかね。私しゃ、車のことはよう知らんけんど…。めっそうもない車じゃった、クリキントンさんが乗る車かと思いよった」

「クリキントン? ああ、クリントンさんね、はい、はい」

老婆は両手を広げ大きなしぐさで話している。すると、

「婆ちゃん、あれは外車で……」

「へー、外車ちゅう車かの」

いつの間にか、二人の子供が恥ずかしそうに物陰から顔だけ出している。

「孫たちで」

「やあ〜、こんにちわ。僕たち、どうして外車だとわかったの?」

健一は優しく声をかけ、手招きをする。

恐る恐る顔を出していたが、健一の招きに走り寄って来た。

「だって、ハンドルが左についていたよ」

「そう、それは外車だよね。で坊や、誰かその車に乗っていなかった?」

「うん、乗っちゃあせだった。でも、おっちゃんが二人、山の方へ行きよった」

「その、おっちゃん、見たことのあるおっちゃんだった?」

「一人は知らんけど、一彦のおっちゃんと、話しもって、行きよった」

「坊やは、一彦のおっちゃんと逢ったの？」

「ううん、隠れんぼ、しよったき、出たら見つかるも」

無邪気に笑いながら話している。

「一彦のおっちゃんに、間違いない？」

「ウン」

「おっちゃんは、どんな服をきてた」

「帽子をかぶってねえ、黄色いチョッキを着ちょったよ、長靴も黄色かった」

二人が我れ先にと話し出した。

「もう一人のおっちゃんも、帽子を被ちょったよ」

「どんな帽子？」

「爺ちゃんのようなが…」

首を傾げる時子に、

「伯母ちゃん、こんなが、こんなが！」

子供は地面に絵を描いた。その絵を見て時子は、

「健ちゃん、堀田の帽子のようね」

「ありがとうぼうや、楽しかったよ」

「おっちゃん、また来てよ」

恥ずかしさを、すっかり忘れた子供たちが可愛かった。

「おっちゃん！」

「沢田君、笑うことはないだろう。君だっておっちゃんだから」

《クスクスクス……》

三人は大笑いをしながら山を後にした。

「こちら沢田、本部願います」

「はい、こちら本部、どうぞ」

「山田一彦を重要参考人として手配して下さい」

しかし、今のところ立証することは出来ない。

署に帰り着くと、健一たちは緊急会議を開いた。

「今迄の経過を見て、連続殺人の線が強くなりました。一本の線上に山田の姿がはっきりと浮かび上がって来ました」

「しかし山田は、山根の時に、アリバイがあるのでは？」

「確かに、短時間にあれだけ釣り上げるにはそれだけの時間が必要です。しかし、釣り上げているところを誰も見ておりません」

「アッ」

「それにここは、沢田刑事が詳しいので、沢田刑事に説明していただきます」

「はい。あの日のあの時間帯は、大潮であり、引き潮でしたね。いくら釣り好きとは言え、その時間帯に行く人は釣りを知らない者だと言い切れます」

魚は波に乗り移動しているため、引き潮の時は、磯釣りはまずしない。沢田をはじめ、クーラーの中の魚にひかれ、大きな見落としをしていたのである。

健一は続けて、

「第二に、山田の以前の仕事はアドバルンを主とする会社であり、風船の浮力等は、お手のもののはず。窓辺で山根を殺害したのは、おそらく井上が来る二〜三十分前に殺害し、井上の車が来るのを見届け、刺したままにしてあったナイフを抜き取り、風船で飛ばす。風船は山からの風に乗り海へと消える。海水に紙テープが溶け、ナイフだけが海底へ。

山田は、井上が電話をしている隙に表てに回り、磯場へと向かう。磯場には前以て釣り具を隠してある。クーラーの中には、買い集めた魚が入っている。

引き潮時間帯には、釣り人もいないので好都合だった。山根の血液の滲みは刺したナイフを動かさず、井上が来る寸前に抜いたから、血液が滲み出たものでしょう。また井上の犯行に見せかけるためにもその必要があった。

堀田と山根はゴルフ場を造るため二人で来たもので、山田から話を持ちかけられ堀田と山田が堀田の車で出かけた。山根は、井上から手形を受け取る約束があったので別荘に残った。山田は山中で堀田に睡眠薬を飲まし、うつろで抵抗出来なくなった堀田を殺害、堀田の車で帰って来た。

山根は車が堀田の車であったがために気を許し、やすやすと山田に刺し殺された。山中から、堀田の車で帰って来たため、帰りの車がなく、重い荷物を背負い、歩いて帰る羽目になった、と思われます。

以上の結果、山田に逃亡の恐れがあり、重要参考人として手配したわけです。至急連行することを要請致します。また、裏付けのため、魚の出所、ナイフの出所の確認を急いで下さい」

「ヨーシ、一課、魚の出所。二課、ナイフの出所。特捜班、山田の連行。急げ」

署長は久しぶりに張り切り、署長の号令で皆は一斉に散った。

山田は、捜査の手が自分に近づいてきたことを勘づき、足摺岬の突端にたたずんでいたところを発見された。問いただすこともなく、全て自白し逮捕された。

時子と健一の名コンビで解決した、と言っても過言ではなかった。

中村駅のホームには、健一と沢田が時子の見送りに来ていた。

「伯母様、結局間に合いませんでしたね」

「いいのよ、帰りはのんびり一人旅、気楽なもんよ。沢田君よく頑張ったわね」

「はい、おかげさまで、ありがとうございました」

「伯母様、途中下車はいけませんよ」

「はいはい」

「叔父様によろしく」

「はいはい。健ちゃんも早くお嫁さんをね」

「エッ、聞こえません」

「モウー！」

列車が見えなくなるまで、沢田は手を振っていた。

時子は、今度は本当の骨休みに来たいものだ、と足摺の方を眺めていた。

【お断わり】

以上の作品はフィクションですので登場する人物団体、そのほかのすべては架空のもので実在しません。仮りに似たようなものがあっても本篇と一切関係のないことを、お断わりしておきます。

作者

六月の花嫁

!!六月の花嫁は幸せになれる!!

「直ちゃん、お母さんがお嫁に行く時、亡くなったお婆ちゃんが私に言ってくれたの」

「エッ、お婆ちゃんが…」

「そうよ、昔から六月の花嫁は幸せ花嫁って言われているのよ」

直子は、大好きだった祖母の言葉を母から聞き、何か祖母の声のように聞こえ、胸が高鳴った。結婚を目前にして、夢のような毎日が続いている。

そんな娘の様子に、父、高崎一郎は嬉しくもまた淋しくもあり、複雑な気持ちを隠し切れず、逃げ出しそうになる時すらある。

「晃、しっかりしなさい、晃…」

「……何で……何だ姉貴か、もう少し飲ませろ、飲むぞー」

「もうー、何を言っているの……。いい加減にしなさい。早く、帰るわよ」

弟の晃は、今日成人式を迎え、友達と飲みなれない酒を飲み過ぎた結果である。

一報を受けた高崎家は、父一郎がまだ帰宅していなかったため、二人きりの姉弟で子供の頃から仲の良い弟のため、と直子が迎えに来たのである。

直子は必死で車に乗せようとするが、自分より遥かに大きくなった晃を抱えるのは容易なことではない。

「どうしました？」

「弟を迎えに来たのですが、この始末で」

「大変ですね。手伝いましょう…」

姉に甘え、ダダをこねていたのか、他人の力を借りるとなると素直になったかのようにスムーズに乗せることが出来た。

「お宅は、遠いのですか？」

「いえ、それほどでも」

「じゃあ、降ろすのも手伝いましょう」

直子より先に乗り込んでいたため、直子は素直に甘えざるを得なかった。

彼の名は川島良三、スラーッと伸びた背に洒落たスーツを着こなし、ちょっとハンサムに見えたのは、親切さのせいだけではない。

「すみません」

良三は晃を玄関口まで抱え込むと、

「それじゃあ」

名前も告げず、サッサと立ち去ってしまった。

「直ちゃん、お知り合い?」

直子は答えようもなく、頭を横に振るだけであった。

「まあー、それじゃあ晃の友達?」

またしても、頭を横に振る。

「呆れた……」

そんなことがあったのもすっかり忘れていたある夜、

「晃、晃……電話よ」

母貴子に呼ばれ、

「はい、晃です。はい……」

晃は受話器に手を当て、

「姉貴、川島って人だよ」

「川島?　知らないわよ…」

「もしもし、川島と申します。あの後、晃君大丈夫でしたか」

「……あぁっ、あの時の。その節はお世話になりました。ええ、大丈夫です。お名前もお聞きせず、母にずいぶん叱られました。でも本当に助かりました」

台所で晃は、

「母さん、川島って誰?」

「サアー、どうしたの?」

「変なの、母さんが晃って言うから出たら、お姉さんはいるか、って…」

「変ねー」

電話は、あまり長くはなかった。

「直ちゃん、誰だったの?」

「それがね、変なの……。最初は誰かわからなかったけど、ほら、晃をここまで連れて来てくれた人、川島良三って言う人だって」

「そう…。よく電話がわかったわね…」

「姉貴に一目惚れしたんだよ、きっと」

「晃、からかうんじゃない」

「おお、怖わ…。退散退散……」

晃は、ふざけながら二階へと逃げた。

「それでその川島さん、何て?」

「今度のお休みに映画を見に行かないか、って誘われたの」

「まあー、一度逢っただけなのに?」

「だから、考えておくって、断わった」

「図々しい人ね」

「そうでもないのよ。晃も一緒にって、言ってるから……」

「そうー」

直子は、もう一度逢って見たい気もしたが、どうしても、という気持ちでもなかった。

二～三日経って、再び良三から、

「この間の返事を聞いていなかったんだけれど、どうですか？」

再度の催促に、直子は行ってみる気になった。

「はい、じゃあ弟と……」

直子は、

「晃、今度の日曜日、映画に付き合って」

「エッ、姉貴と？」

「そう、川島さんと三人」

「い・や・だ・よ」

「どうして？」

「ひと〜の〜、こい〜じを…」

「コラー、そんなんじゃないの、もう」

結局直子は、一人で出かけることになった。

「遅くならないようにね」

「は〜い、わかっています」

日曜日の昼間であり、貴子もさほど心配しなかった。

その日以来、急ピッチで交際が深まり、二カ月足らずで結婚話になったのである。

父一郎は、もう少し付き合ってからの方が良いと、なかなかウンとは言わなかったが、渋々と同意したのである。

良三の仕事は、証券マン。バブルがはじけ低迷する景気の中、彼の成績は群を抜き多くの顧客をもっているようである。

直子は三月でＯＬを辞め、今は短期花嫁修業中。

今日は、花嫁衣装、式場の打ち合わせ、と忙しい一日になりそうだ。

新居は、少し遠いがマンションを借り、準備がてらに、と直子は時々一人で泊まることもある。

今朝は、実家へ良三が迎えに来ることになっていたが、約束の時間を過ぎたのにまだ来ない。直子は楽しみにしていただけに、少しイライラしている。

母貴子は笑いながら、

「良三さんも忙しいのよ。そんなに慌てなくても充分時間はあるのでしょう」

「でも、最初が肝心よ。甘やかしていたら一生甘やかすことになるんだから……」

受話器を取り、携帯電話にダイヤルしながら少し口調がきつくなっているように聞こえてくる。

「………」

呼び出してはいるが、出ない。

「どうしたの？」

「それが、呼び出しているのに出ないの」

「日頃の疲れが出ているのよ。もう少ししてから電話すれば」

母に窘まれ、渋々受話器を置く。しかし、他にすることもなく、イラだちがつのるばかりである。

《大丈夫かしら？》

イラだちが心配に変わって来た。二十分も経ったであろうか、再度携帯に電話する。しかし通じない。

「マンションに電話してみれば……」

マンションの電話は、
《仕事用だから、電話はしないように》と言われていた。しかし心配である。

《ルルルル…ルルルル…》

マンションの電話も出ない。しばらく呼び出していた。

「はい、もしもし」

「良ちゃん、良ちゃん」

「直子か、これには電話するな、と言ってあるだろう」

「ごめんなさい。でも、いくら携帯に電話しても出ないのですもの。約束の時間には来ないし、連絡もない。心配するじゃない、体の調子でも悪いの?」

「アッ、いけない。ごめんごめん、うっかりしていた……」

すっかり忘れていたようである。

「直子、悪いが今から支度をしていたら、かなり遅くなる。直接行ってくれないか、俺もすぐに行くから……」

「いいわよ、でも、必ず来てね」

「わかっているよ、必ず行くよ……」

直子は、少し早かったが、バスで行くため、余裕がほしくて早めに家を出た。バスから降りて十分ほど歩けば良かったのだが、ウインドショッピングを楽しみながら新婚生活の甘い夢を膨らましていた。

《あらっ？　良ちゃん…》

良三の車が、道路の反対側に止まっている。助手席から粋なスーツを着た女性が降りている。女性は良三に軽く手を振り、歩き始めた。式場はすぐそこである。

直子は少し気になったが、

《式場の前で待っていよう》

足早に式場に向かった。

「直子、早かったな」

良三は直子の姿に少し戸惑ったようだ。そのまま駐車場へと向かった。

入口で待っていると、良三は小走りに近づいてくる。

「ごめんごめん。すっかり寝過ごしてしまって」

「いいのよ。疲れているんですもの」

「食事は？」

「良ちゃんは？」

「俺はまだなんだ…」

「打ち合わせを済ませてから、ゆっくりしません？」

「それが…。打ち合わせを済ませたら、すぐにお客さんの所へ行かないと。待ち合わせをしているんで、ゆっくり出来ないんだ」

「そう…」

ガッカリする直子に、

「もうすぐ毎日一緒にいられるんじゃないか」

良三の言葉に、

《それもそうだ、辛抱しなくては……》

と思い、再び幸わせ気分になる自分が情けなく思う直子である。

式場の打ち合わせも、次の花嫁衣装の打ち合わせが待っているので、そこそこに打ち切らざるを得なかった。

「直子、衣装の打ち合わせ、悪いけど一人で行ってくれないか。どうしても時間に間に合いそうにない。全て直子に任せるよ、頼む。いいね……」

「良ちゃん、それは……」

「頼むよ、大口のお客さんで、どうしても会っておかないと他社に取られてしまうおそれがあるんだ。ね、いいだろう？　頼むよ。主役は直子、君なんだから。君が気に入るのなら反対しない、ね」

直子の不満そうな顔に、良三は手を合わせ足早に去って行った。

花嫁衣装の寸法合わせに、一人で行くことになった直子の気持ちは、少し暗くなっていた。

「あら、今日は王子様は？」

「それが…。そこまで一緒だったのですが、お客さんとの時間があると言って…」

「あらあら、困った王子様ね」

直子は、拭い切れない気持ちを隠し、ウエディングドレスを装っていた。

「まあ～素敵、色白のお姫様にドレスが負けそう。すごくいい、こんなの初めて。ねえ、皆んな来て…」

「うわ～、すごくよく似合ってる。きれい」

直子は、初めて鏡に写し出された姿に、

《素敵……。私ってこんなに綺麗だったかしら》

自分の姿に酔いしれ、暗かった気持ちは一掃され、今迄以上に胸がキューンとしてきた。

《私って、単純……フフフ》

自分で思って、一人おかしくなってきた。

実家に帰った直子は、良三からの電話を待った。しかし、電話を取るたびに別人からであった。夜も遅く十一時を迎えようとしている。

「直子今日はごめん…」

「知らない。何時だと思っているの」

「それがね、今日のお客さんは保険会社の重役で、今迄接待していたんだ。本当に遅くなってごめん」

「それで、どうだったの」

「ところがね、交換条件でなら契約してもいいって言うんだ」

「交換条件？」

「結婚するんだから、新夫婦で保険に入って欲しい、と言うんだ。もちろん俺は、まだ籍にも入っていないから、式を挙げて、籍を入れるまで待って欲しいと頼んだんだけどね」

「………」

「徳光さん……ああ、契約相手のお客さん、徳光さんと言うんだけど、その徳光さんは、どうせ結婚するんだから、先に籍を入れたらどうか、って。でも、俺はけじめだけは付けたいから、それはだめだ、と断わったよ。そしたら徳光さんの方も断わる、と言うので……」

良三は、直子が同意してくれるのを待っているようである。しかし直子には、よくわからないので返事の仕様もなかった。

「大口のお客さんだから、どうしても逃がしたくない。粘りに粘った結果ね、今の姓のままで、籍に入れたら書き換えをすることが出来るらしい。だから、そうしろと言ってね。もちろん直子の気持ちが一番なんだけど、お父さん、お母さんに、相談してみてくれないか」

「相談しろったって……」

「どうせすぐ結婚するんじゃないか、二人の記念にもなると思うんだけどね…」

「そうねぇ」

「じゃあ、頼んだよ、おやすみ…」

良三は、自分の言いたいことを一方的に話し電話を切った。

《衣装合わせはどうだった?　きっときれいだったろうね》

真っ先に良三の口から飛び出して来ることを期待していた直子は、無性にさみしさが込み上げて来るのであった。

「直子、昨夜遅くの電話、良三さん？」

「ええ」

「随分遅かったのね」

「何か、お客さんの接待で遅くなったらしいの。お母さん、良ちゃんによるとね、そのお客さんが、交換条件で生命保険に入って欲しい、と言っているらしいの」

「生命保険に？」

「ええ、何か、保険会社の重役さんらしくて、二人の結婚記念にもなるからって」

「いいじゃないの、どうせ来月からは夫婦なんだから。良三さんはどう言っているの？」

「良ちゃんは、けじめはつけたいから結婚してから、って言ったらしいのだけど。今の姓のままで契約して、籍に入ったら書き換えればいいってきかないらしいの」

「そう。良三さんがけじめをつけるって、何か珍しいわね、ほほほほ」

「それで、お父さんお母さんとも相談して欲しいっていう電話だったの」

「そうね、お父さんにも相談しなければいけないけど、結局は二人の問題よ。二人で決めなきゃあ…」

その夜父一郎の帰りを待って相談したが、母貴子と同じで、二人で決めることになった。

「もしもし、良ちゃん、父も母も、二人の問題だから、ふたりで決めろって言うの」

「そう、じゃあいいんだね、ありがとう」

二人の相談でなく、良三の一方的な飲み込みである。

「まあ〜、私の意見は聞かないの？」

「あッ、ごめんごめん。ところで、直子お嬢様はいかがでございましょうか？」

何か取って付けたような聞き方である。いや、と言う理由もなく結局は同意すると百も承知で聞き直す良三を、腹立たしくも、また可愛くも思う直子であった。

今日は、良三と新婚生活を送るために借りたマンションへ荷物の整理をするために来ていた。

「川島さん、川島さん」

管理人の川田に声をかけ、通り過ぎようとした時、後ろから管理人が呼びかけてきた。

まだ、籍も入っておらず、聞き慣れていないため、思わず無視するところであった。

「あッ、は、はい…」

慌てて返事をする直子が新鮮で初々しく見えた川田は、ニコニコしながら、

「いいですね〜、新婚さんは。ハハハハ」

「いやですわ、おじさん、まだ結婚しておりません」

少し赤くなりながら恥じらう直子が眩しかった。

「そうでしたね、はいはい。ところでね、最近この辺りでコソ泥が出ているようですから気を付けて下さいね」

「そうですか、気を付けます」

直子は、愛想よく答えたものの、少し気味悪く感じた。

《早く捕まってくれればいいのに…》

玄関の鍵を何度も何度も確かめ、整理を急いだ。

《はやく帰らなければ……》

大きい荷物は、良三と晃が手伝って、早々と引き揚げていた。

部屋の中もあらかた片付き、電話も付いた。良三と実家には、早く帰ると告げ

てあったが、帰り着いたときには辺りは少し暗くなっていた。

家の近くの路地まで来ると、父一郎が迎えに来ていた。

「直子、物騒だから帰る時は良三君か晃に迎えに来てもらいなさい」

コソ泥のはなしを聞き付けた一郎は、直子の姿を見るまでは不安で仕様がなかった。

「大丈夫よ。だって、下着泥棒ですもの。危害を加えるようなことはしないでしょう」

「変質者だから、何をするやらわからないだろう。とにかく用心するに越したことはないからね」

一郎は、問題にする様子のない直子に、顔を顰めている。

「はい、気を付けます」

ほほ笑みながら答える直子は、ますますきれいになってゆく。一郎は嫁に出したくない気持ちを消し切ることが出来なかった。

結婚式まで二週間足らずに押し迫って来た。今日も新居へ出かける直子に、

「遅くならないようにね」

「お母さん、大丈夫よ。もし遅くなるようだったら、向こうで泊まるようにする

から」

「そうね、その方がいいかも知れないわね。でも出来るだけ帰って来なさいよ」

「はい。良ちゃんから電話があったら、向こうへ電話するように伝えてね」

「はいはい」

直子は日常生活用品を両手に抱え、マンションへ向かった。

「おじさん、こんにちは」

「ああ〜、こんにちは。もうすぐですね」

「はい。ところでコソ泥、まだ捕まっていない？」

「まだのようですね。でも最近は被害も出ていないようですよ」

「よかった。きっと遠くへ場所替えしたんでしょう」

「…だといいんですがね。まあ、気を付けて下さい」

笑顔で管理人と別れ、自室へと急ぐ直子の足取りは軽やかであった。そんな直子を管理人は、自分の娘も生きていれば、あの娘と同じ位になっていたのに、とうらやましく思っていた。

いつも明るいうちに帰る直子なのに、今日はまだ降りて来ない。

《あれ、今日は遅いな。もう帰ったのかな》

川田は、用足しをしているうちに帰ったのだろう、とあまり気にはしていなかった。

「おじさん、今日は遅くなったので、泊まって帰ります」

管理人室へ、五〇三号室の川島の部屋から電話があった。

「はいはい、お一人ですか?」

「ええ、良三は忙しいらしく、弟も出張で来れそうにないので」

「それは淋しいですね。少し声がおかしいようですが、風邪を引かないようにね」

「あ、はい。うたた寝をしていたもので…」

「ハハハハ。それで遅くなったのですね」

「はい」

川田は、直子と話していると、何か自分の娘と話しているようで、心が浮き浮きして来る。恋とはまた違った浮かれようである。

夜も九時を回り、川田は一日の楽しみである晩酌を少し嗜み、寝ようとしていた時である。

「すみません。川島さんは今度何日に来られますでしょう?」

「……貴女は?」

「あッ、すみません、化粧品会社の者で、今日約束していたのですが、遅くなって」

「今日は、おいでますよ。呼びましょうか?」

「いいえ、今日は遅くなりましたので、明朝参ります。ありがとうございました」

「いいえ」

「おやすみなさい」

「………」

川田は、夜なのにサングラスをかけ派手な服装の女性に少し戸惑った。女性は管理人室を離れ、エントランスホールの前に止めてあったスポーツカーに乗り走り去って行った。

川田は、酔いの覚めぬうちにと床に着いた。

どれくらい眠ったであろうか。

《リリリリ…リリリリ…》

電話が鳴り響く。眠りから覚め切らぬ声で、

「はい、管理人室…」

「管理人さん、川島です。彼女の様子が変なのです。すみません、様子を見て下

さい、私もすぐ行きますが、車を飛ばしても一時間近くかかりそうですので、お願いします、お願いします」

良三の慌てた様子の電話に、

《あの娘に、何か……》

跳び起きた川田は、川島の部屋に電話する。話し中である。胸騒ぎを覚え青ざめた川田は、部屋の鍵を持ち五〇三号室へと駆けつけた。

呼び鈴を押すが返事がない。

「川島さん、川島さん、管理人です」

呼んでも返事がない。

「川島さん、川島さん、開けますよ」

川田が鍵を差し込む。

「あれッ、開いている」

電気は消えていた。川田は、部屋の明かりを付け、直子を探す。寝室の明かりを付けた川田は、唖然とした。ベットの上で無残な姿で横たわる直子……。

夜中の騒動に、何事か、と隣の部屋から出て来た住人も川島の部屋を覗き込んでいる。

「すみません、救急車を、救急車を呼んで下さい。早く、お願いします」

川田は、悲壮な声で呼びかけた。間もなく救急車が駆けつけて来たが、直子はすでに帰らぬ人となっていた。救急隊員は、直子の様子から、すぐに警察に通報した。

警察官が駆けつけた時には黒山の人だかりであり、直子の側では、

《どうしてこの娘が……》

肩を揺すりながら、泣き崩れる川田の姿があった。

警察官は、部屋の中まで入って来ていた住民を外に押し出し、ロープを張った。

「貴方も出て下さい」

「…もう少し、せめて家族の方が来るまで、ここにいさせて下さい」

川田は、直子の哀れな姿に、毛布をかけようとした。

「コラコラ、触わってはいかん。ここにある物の全てに触れてはならない」

警察官に阻止された川田は、自分の上着をそっとかけた。

犬塚刑事は、死体の温もりからして、

《あまり遠くはない……》

「周辺捜査の強化、聞き込み…」

「はい」

足早に散って行く、捜査隊。

犯行は、被害者が誰かと電話中に起きたものだろう。受話器が投げ出され、電話器にはまだ、発信元の、電話番号が残っていた。

《三三四─〇〇〇〇、五月二十七日、午後十一時四十六分》

犬塚は、すかさずメモを取り、

「もしもし、発見者の方ですか」

「…はい、管理人です」

涙を拭きながら、川田は立ち上がった。

ショックで足がふらついている。管理人とマンションの住人の関係にしては、あまりにも不自然な面があり、不信感を抱いたのは犬塚だけではなかった。

「川田さん、事情を聴かせていただけますか」

「はい」

「被害者、高崎直子さん、二十四歳、でしたよね?」

「はい、そうです」

川田は少し落ち着いてきたのか、震え声ではあるが、はっきりと答えている。

「貴方との関係は？」

「このマンションの管理人と、川島良三さんと結婚することになり最近このマンションへ入居した方です」

「管理人と、住人だけの関係ですか？」

「……はい」

「そんな訳はないだろう」

　横から杉本刑事が詰め寄る。

「管理人の立場を利用して、お前が殺ったんではないのか…」

「とんでもない、私がどうして？」

　川田の顔から、血の気が引いた。

「どうしたのです」

「あッ、三本刑事課長」

　三本健一刑事課長、元警視庁長官、千光寺正光の甥であり、彼は叔父と、伯母時子に育てられたようなものであった。警察学校をトップの成績で卒業、その後アメリカに留学しロス市警で犯罪心理学をたたき込まれたエリート中のエリートであり、彼の功績は、輝かしいものである。しかし、彼に犯罪心理学の基礎を教え込んだのは、伯母時子であり、彼の功績の陰には、伯母時子の姿が見え隠れしていた。

伯母時子は、元婦人警官であり、犯罪心理学を専門とし数々の事件を解決してきた。

時子は自称、合気道の達人であるらしい。

健一は、凶悪犯に対しては牙をむくが、いつもは、これが本当に切れ者刑事だろうかと疑いたくなるほどおとなしい。

「杉本君、川田さんの話を最後まで聞こうじゃないの。話の腰を折ったのでは、真実が見えて来ないよ」

「はい」

健一は、部下をたしなめると、

「川田さん、勘弁して下さい。ただ、川田さんの様子が、管理人と住民の関係にしては川田さんの性格かも知れませんが、身内を思う感情のように見えたものですから、直子さんと特別な関係があるのではないかと思ったのです」

「はい、刑事さんのおっしゃられることはよくわかります。実は、直子さんはとても優しい娘で、実の娘のように思っているくらいです……」

「実の娘……。それは、どういう意味ですか?」

「直子さんは、管理人室の前を通るたびに声をかけてくれます。私の身体に気を遣ってくれたり、手作りのクッキーなど届けてくれて…。ついつい、世間話で長話をしたこともあります」

川田は、一人娘を早くなくし、それが原因で妻とも別れ、今は管理人室で一人暮らし。最近直子が来るようになって、性格まで明るくなっていた。

「娘のように思っただけでなく、変な気を起こしたのではないのか?」

またしても横から杉本刑事が突っ込んで来る。

「直子、直子」

部屋の中へ良三が駆け込んで来た。

「君は?」

「婚約者です、直子」

「…残念ですが……」

良三は、その場に力無く崩れてしまった。間もなく、直子の両親も駆けつけて来た。

「良三君」

「お父さん、お母さん、直子が…」

良三から、直子の様子がおかしいとの連絡を受けた両親は、呆然と佇むだけであった。

《まさか》

あまりの出来事に言葉にもならず、ただただ身を震わし、母貴子は、
夢であって欲しい、と願い現実を疑いながらも自立出来ず、その場に倒れそうになる。そんな貴子を力無くも支え、じっと耐える父一郎の目は、涙で霞んでいる。

真夜中の事件に、マンション中、朝方まで明かりがついていた。

取調室に移された川田は、事情聴取のはずであるが、厳しい追及を受けていた。

良三も他の取調室で事情聴取を受けている。

「川島さん、管理人の川田さんとの関係は？」

「私は、仕事上忙しく、めったに会っていませんが、直子はここでは、近所付き合いもまだないもので、管理人さんには親切にしていただいていたらしく、〝お父さんみたいに優しい人〟と何度か聞かされています」

「彼女の異常に気が付いたのは？」

「実家の方へ電話をしたら、マンションにいる、と聞きましたもので、仕事を片付けた後で電話をしました。少し話していたら、急に何も言わなくなったもので」

「電話をしたのは何時頃でしたか」

「確か、十一時半を少し回っていたように思います。五分ぐらい話したでしょうか、急に何も言わなくなり何度も何度も呼んだのですが何の返事もありませんでした」

「それで、どうなされました？」

「直子の身に、何か起きた、そう思うとじっとしていられなくて、すぐに管理人さんに電話をし、様子を見に行ってもらい、車を走らせたのです」

「直子さんの実家にも電話をなさっていますね？」

「あ、はい、車を走らせながら携帯電話で連絡しました」

「実家のご両親にまで緊急連絡をしなければいけないと思ったわけですね？」

「はい…」

「直子さんの様子を確認するまでもなく連絡をしなければならないと思ったのは？」

「刑事さん、私たちはまだ結婚していません。言わば高崎家の大事なお嬢さんを預かっているようなものです。真っ先に連絡するのは当然のように思いますが」

「確かに貴方のおっしゃるとおり、常識でしょう。ただ、電話で何も言わなくなった…、それだけだと、口喧嘩をした後とか、貴方の言葉に少し腹を立て、返事をしなくなった、また、コンロの付け忘れに慌てて消しに行ったとかいろんなことがあると思うのです。真っ先に、異常、しかも実家にまで連絡をしなければならないほどの重大な異変と直感されたのは、貴方が直子さんを思う気持ちだとは思います。結果的には素晴らしい判断でしたが、一般的には少しオーバーではないかと感じるのですが…」

「直子とは、口喧嘩もしていないし機嫌を損ねるようなことも話していません。また、直子は、機嫌を損ねるような娘ではありません。二人で笑いながら話していたのです」

「よくわかりました。そのとき、急に何も言わなくなった時ですが、何か物音とかは聞こえませんでしたか？」

「はい、何も聞こえませんでした」

健一は、良三の様子をじっと伺いながら、あくまでも穏やかに話している。

「ところで、貴方のマンションからここまでの距離ですが、随分遠いですね」

「はい、少しでも直子の実家に近い方が何かと便利だろうと思ったものですから」

「距離にして約六十キロぐらいですね」

「だと、思います。そうそう、私の車のトリップメータを見ればはっきりした距離がわかります」

「それは、どうして？」

「私、毎日、仕事が終わるとメータを0にするのが習慣になっています。昨夜メータを戻し走って来て新居のマンションの駐車場に止めたままです」

「なるほど。昨夜貴方が、自宅からマンションへ駆けつけるまで、約五十分ですね。随分早かったですね」

「昨夜は、本当に必死でした、それに、渋滞もなかったので早く着いたのだと思います。でも、車を走らせているときは、長く感じます」

健一は、手帳のメモと照らし合わせてみた。計算すれば一時間強はかかる距離を、約五十分で走っている。渋滞がなければ可能な時間である。直子の両親より早く着いたこともうなずける。

「良三の自宅からマンションまでの距離と車の距離はほぼ同じでした」

確認に走った犬塚が報告している。

犯行現場の電話番号も時間も、記録と供述が合っている。良三と川田の話の辻褄も合う。

「川田、川島の両名はシロですね」

犬塚刑事が、健一の耳元で呟いた。捜査は、コソ泥の犯行と見て、変質者の前歴リストの洗い出しを急いだ。

「池上裕次　二十五歳　無職　前科三犯…

酒井　浩　三十四歳　無職　前科一犯…」

捜索は、前歴者の近況調査から始まり、川田の過去の洗い出しも同時に行なわれることになった。

最近、変質者の被害に遭った家を回り、聞き込みを行なうため、各班に別れ、それぞれに散って行った。

健一は一連の流れを振り返り考え込んでいたが、川島の自宅へ行って見ることにした。

川島の自宅といってもマンションで、五年前から住んでいる。

再度、マンションから犯行現場へ車を走らせてみたが、大差がない。

高崎家では、しめやかに直子の葬儀が行なわれている。礼服に身を包んだ刑事の姿も少なくはない。健一は、直子の弟晃を携え、弔問客を一人一人チェックしている。
弔問客に紛れ、不審者が現われるやも知れない。直子は、以前勤めていた会社
でも、気立てが良く美人で誰にでも好かれるタイプの女性だけに、狙っていた男
性も少なくはなかった。
取引先の会社からも、度々電話がかかってきていた。他人に恨まれる要素は何
一つない。いや、あるとすれば、女性からの妬み、嫉妬といったところであろう。
《あれ、あれは？……》
夥しい弔問客の中に、あまり目立つわけではないが、どことなく気品のある中
高年の婦人がいた。
《どこかで見たことのある…》
見え隠れする弔問客の間から、健一の方へ近づいて来る。
「あれッ、伯母様」
健一は自分の目を疑がった。
「健ちゃん、不審な人物は？」
「名前のわからない人物が五～六人います。今被害者の弟の晃君が調べてくれて

います」

「それは男性？」

「男性が二人、女性が三人で、いずれも二十歳代だと思います。その中の一人が、帰りましたので、今刈谷達が尾行しています」

「直子さんの部屋の様子はどんな様子だったの？」

「特に荒らされた様子も争った様子もなく、顔見知りの犯行かと…」

それだけ聞くと、伯母時子はまた弔問客の中に消えて行った。

「またやられた」

健一は、弔問客の中にどうして時子がいたのか、聞き出す間もなく消えたのに、いつものことながらおかしかった。

捜査本部に帰った健一の元へ、

「変質者のその後の行動が確認されました。池上裕次は再度の犯行で逮捕され服役中、酒井浩は過去を捨てると言って九州に渡り、土木作業員として働いていました」

「どちらも犯行が不可能になったわけだ」

「そういうことになります」

「マンションからの指紋は?」

「指紋の方も、直子、良三、管理人、弟の晃、父一郎、母貴子、それに運送屋、電気、電話工事作業員のものと判明し、それぞれアリバイが確認されました」

「課長、管理人の川田ですが、東京に出て来たのが十五年前で、それ迄青森にいました。妻と娘の三人暮らしでしたが、娘が交通事故で死亡しています、当時十一歳でした。

川田の妻緑が車で娘を迎えに行った帰り、坂道でのスリップ事故、対向車線の道路脇で荷物を降ろしていたトラックに突っ込み、母子共重傷、娘の方は病院へ行く途中亡くなっています。緑は幸わい命は取りとめたものの、退院後、仲の良かった川田夫婦に会話がなくなり、とうとう離婚。その後〝娘を忘れたい〟と言って東京に出て来たらしいです」

「それで、相手のトラックは?」

「東京の栄運送の車で、運転手にケガはありません。またトラックの運転手には落ち度はなかったようです。念のため青森県警の交通課で調べて来たのですが、運転手は高崎一郎、当時三十八歳、事故歴もなく、模範運転手だったそうです。事情聴取で帰されています。

川田の妻だった緑の話では、その後高崎は葬式に参列し、そのまま病院の方へ三日間見舞いに行っています。川田や川田の親族にも、高崎に落ち度がなく被害者でありながらも、本当に良く尽くしてくれた、と感謝すらしていたとか…」

「高崎一郎と言ったら、直子の父親ですよね」

「そうなんです」

「それじゃあ三日間、青森まで…」

「いいえ、会社に休みを取り、三日間青森の営業所へ泊まり込んでいたようです」

「偶然なのか…。高崎と管理人の川田は再会したことになるわけですが、その時の様子などは?」

「はい、高崎一郎と川田が顔を合わせたのが、事件当日が初めてで、その後も何も言っていませんので、お互いに顔を見忘れていたのではないかと…」

「川田の取り調べの時も、そんな話は一言も言っておりません。川田の方も気付いていないのか、それとも、そうでないとすると…」

「もう一度洗い直しますか?」

「その必要はあるが、慎重に取り組まないと大変なことになりかねないからね」

健一は、川田の心の傷が癒えかけ、高崎に対する恨む気持ちがなくても、高崎一家に誤解を招きかねないと思った。

マンションの住人の話でも、川田は温厚で、面倒見の良い管理人、責任感が強く、良き相談相手、必要以上の事をベラベラ喋らず、誠実な人。誰に聞いても悪く言う人がいない、まれに見る管理人のようで、調べようによっては、大きく傷付けることになる。

「三本刑事、電話です」

「はい、三本です」

「健ちゃん、私。ちょっと抜けられない？」

「何事ですか。今勤務中ですよ」

「あのね、川島のマンションの前まで来ているの。ちょっと気になることを耳にしたものだから確かめたくて」

「気になることと言いますと？」

「川島の女性関係で、何人かの女性がいるというね…」

「川島に女が。わかりました、すぐ行きます。伯母様、深入りしないで下さいよ、そうでなくても…」

「わかっていますよ、ホホホホ」

健一は、犬塚達に川田の動きと犯行現場周辺の聞き込みの強化を徹底的に行なうよう指示し、急いで署を飛び出した。川島のマンションの前まで目立たぬように近づいた健一は、時子の姿を探すが見当たらない。

《移動したのだろうか…》

その可能性もある。時子は待ち合わせの場所を離れるときには必ず何かの目印を残してある。昔からの癖であろうか。健一は時子の姿を探すと共に目印も探していた。

《あった！》

四つ角に赤で矢印が、その横には数字がある。走り書きではあるが読み取ることは出来る。数字は十二。健一は直感で、

《時間だ、…今は四十五分。約三十分前に動いたな》

健一に電話をしてから五分も経たないうちに移動したことになる。

《何を嗅ぎ付けたのかな？》

まるで犬である。路角に印された矢印は時子の口紅であろう。矢印を追って行く健一は、出来るだけ何気ない様子を取り足早に進む。路地に軽く矢印が入れられている。

川島のマンションから十五分ほど歩いただろうか、路地裏に一軒の喫茶店がある。矢印はその前で○印になった。

健一は、川島に顔を知られているためすぐに入ることをためらった。遠く窓越しに中の様子を伺いながら、良三を探す。良三はいない…。窓辺で小さく手招きをする時子が見えた。時子は来い、と呼んでいるようである。

「伯母様、お待たせ」

「遅かったわね、それで、試験の結果どうだったの?」

「試験?」

「あら、そのために私を呼び出したのじゃないの?」

時子のウインクで察した健一は、

「それそれ、学科は丸、後は面接。それで伯母様のお知恵を拝借したくって」

すぐ後ろにいる、二人連れの女性をマークしているようである。

「貴女にそんなことを言う資格があるの?　私、何もかも知っているのよ、良く考えてものを言いなさいよ」

「貴女こそ、何処まで付きまとえば気が済むの。いい加減にしなさい」

声を低めて話していた二人であるが、感情の高ぶりに、声も荒々しく高まってくる。

歳下の女性は、何処かで見たことがある。

「貴女達の魂胆は見え見えね。貴女がその気なら、私も自分の思い通りにやらせてもらうわ」

「何をするつもりか知らないけれど、後で泣きを見るのは貴女の方よ、好きにするといいわ」

「そう、もう話し合う必要はないわね、川島さんに伝えておいて、これが最後の忠告よってね。思い直す気があるのなら、今のうちよ、明日の夕方迄に決めて返事をさせて頂戴。連絡がなければ私は実行するだけ、じゃあね」

最後の忠告、と言い残して席を立った女性は、歳にして二十五～六、どこかのOLタイプ。

残された方は三十歳を少し過ぎた感じである。派手な服装にサングラス、化粧が上手なのか、気にならないから不思議である。

「もしもし、良君。彼女、やはり来たわよ。ちょっと無理ね、ヒステリーが出始めているようよ。早めに手を打たないと、危ないかもよ。ねえー、どうするの、聞いてるのー?」

彼女は、しばらく考え込んでいたが、やがて席を立った。顔色が良くない。

「健ちゃん、追うわよ！」

一足遅れに後を追う。彼女は足取りが悪く、ゆっくりと表通りへ向かっている。一人で結論が出せないのであろう、次の行動に移せず、ただいたずらに歩いているようにしか見えない。

「伯母様、先程の女性と彼女、川島との三角関係とは少し違いますね」

「話の内容からして、彼女と川島は先程の女性に何か弱みを握られているのでは？」

「今回の事件と繋がりがあるとすれば、彼女と、川島それに先程の女性との関係がはっきりすれば案外絞り込みが早くなるかも知れませんね」

表通りに出た彼女は、タクシーを拾った。時子達もタクシーに飛び乗り後を追う。

「あ〜、お客さん、すみません。見失なってしまいました」

少し遅れ気味で追っていたため、渋滞と信号に邪魔をされ、すぐに近道を取ったが、見失なってしまった。

「いいのよ、仕方がないわ。でも、どこまで行ったのかだけでも知ることが出来ないかしら」

「すみません、タクシー会社、それに何号車かがわかれば聞き出せるのですが。似た色のタクシーが多いので見分けられませんでした、本当にすみません」

「タクシー会社は相互第一タクシー、二百三十六号車よ」

「ヘェー、奥さん、追跡に馴れてますね、探偵さんですか?」

「そんな所ね、それで調べられる?」

「ちょっと待って下さい…」

運転手は、まず自分の会社に無線を入れ、会社から相互第一に電話を入れる。衛星中継で現在地を調べてもらった。直接二百三十六号車に無線を入れれば早いのだが、乗客に知られる恐れがある。

「お客さん、今日生命の前辺りですね、停車していますので、おそらくその近くで降りたのではないでしょうか」

「そこへ行って下さる?」

「はい、了解」

五分足らずで着いた。運転手は、

「お客さん、このことは警察にはナイショにしておいて下さい」

「わかっているわよ、ごめんね」

乗客の秘密を守るためにもしてはならない行為であるからだ。

タクシーを降りた二人は、辺りを見渡すが姿が見当たらない。

「見失いましたね」

時子は手帳に周囲の目ぼしい建造物の名前を書き込んでいる。

「健ちゃん、これを現像して見てくれる?」

健一に一本のフィルムを渡した時子は、

「私、少しぶらついて帰るわ。今夜電話頂戴」

「わかりました、じゃあ〜」

健一は再び川島のマンションの前まで来ていた。もう一人の女性が気になっていたからである。

《犬塚を連れて来るべきだったな》

二手に分かれ尾行すれば良かった、と悔やむ健一である。

《川島の日常生活でも洗って見るか》

ポツンとひとり言を残し、聞き込みを始めた。

「川島さんネ〜、あまり付き合いがないから」

「めったに見かけませんよ」

目ぼしい所を一軒一軒当たるが情報が掴めない。

「愛想のいい人ですよ、でも、あまりお逢いしません。いつも帰りが遅いようですし。帰らないことの方が多いみたいですよ」

「奥さんのご自宅は？」

「私、川島さんの隣ですわ」

「そうですか、どおりで…」

健一は、あまり詳しく知っているので、少し不思議に思ったのだが、わけがわかり安心した。

良三は顔を合わす人には愛想良く接していたのは、商売柄であろうか、それとも人間性？

「ところで、訪ねて来る人はいなかったでしょうか、女性とか、男性とか」

「最近、何か多いですね。よく聞かれますから」

「どんなことを聞かれます？」

「そうね、何時ごろ帰って来るだろうとか、身内はいないかとか…」

「どんな感じの人ですか？」

「女性が何度も来ていましたね」
「同じ女性?」
「いえ、何人かの女性だと思います。それも若い女性ばかり。時々メモを残して帰る方もいました、それに…」
「それに?」
「大分前からですが、二〜三人連れで、あまり人相の良くない男性も時々来ています。その人達は、しつこく聞き回るので、私、気味が悪いから出来るだけ目を合わさないようにしていましたけど……」
あまり知らない、と言いながら話してくれた主婦は、エレベータの中でも居合わせたことがあるようである。
「一度なんか、男たちの会話の中で…」
《川島、結婚するらしいな》
《いよいよ年貢の納め時か》
《いや、そうでもないだろう、あのバカの考えそうなことよ》
《何を考えているんや?》
《まあ、今にわかる、今に。そうすりゃあこの件も決着が付く。もし付かなかっ

た時は…》

男たちは、エレベータの中に主婦が乗っていたのに気付き、そのジロッと睨んだ目に、主婦は震え上がったそうだ。

「それは、いつ頃だか覚えています?」

「そうねェー、先月、五月の中頃だったかしら。でもその後一度見たっきり、それ迄は時々来ていたのに。最近は見かけなくなったので、内心ホッとしています」

署に帰ると健一は、直子を取り巻く人物のチェックを行ない会議に望んだ。

《二十歳女性・三十歳女性》
⇔
良三 ⇕ 《謎の男達》
＝
直子（被害者）《変質者A・B》
弟晃
母貴子
＝
父一郎
⇔（交通事故）
川田
＝
川田の妻

「図で示すとおり、
右　川島を取り巻く二人の女性、人相の悪い男達
左　一郎に繋がる交通事故の川田夫婦
これから見ても、川島側に複雑な人物が浮かび上がってきています。犯行は、利害、怨恨の二つに絞り込むことが出来ます」

「通りがかりの犯行の線は考えなくても」

「完全に無視することは出来ませんが、室内の物色、被害者の抵抗がなかった、ただ殺しだけに侵入した、とは考えられない。

もし、そうだとすれば、精神異常者、薬物乱用者、性的犯罪者の類い…。しかし、被害者は無抵抗で絞殺されています。被害者は変質者が出没していることは、管理人から聞き知っていた。不用心な態勢ではなかったはずです」

「……となると顔見知りの犯行…」

「利害関係の線となると…」

「被害者直子がいなくなって、利益を得るのは誰かということになる」

「川島は婚約者を失なうわけだから、利益にはならない。シロですね？」

「川島と直子は、出会いから結婚に至るまで半年足らず、電撃結婚と言ってもい

いでしょう。高崎家の話では、川島が強引と思えるほど積極的であった、それだけ一目惚れしたのか、それとも急がなければならない訳があったのか」

「直子が妊娠していたのでは？」

「解剖報告で承知のとおり、その傾向は全くない」

「謎の二人の女性、この辺りの嫉妬という線は？」

「この二人の女性が、大きな鍵を握っていると思われます。刈谷刑事、直子の葬儀の弔問客の中にいた女性、身元の方は？」

「はい、尾行の途中、タクシーで千代田方面に向かったので直ぐに追跡したのですが」

「見失なったのですね」

「はい、申し訳ありません」

「それで、そのあとは？」

「はい、高崎家のアルバムを全てチェックしたのですが見い出すことが出来ず、直子の友人を一軒一軒訪ね、調べています」

「人員を増員してでも急ぐこと、川田の交通事故からの恨みによる犯行であれば、高崎家が第二、第三の被害に及ぶ恐れがあります、川田から目を離さないこと」

捜査は、二人の女性、川島、川田、人相の良くない男達と各班に分かれ進めることになった。

その夜、健一は時子に連絡を取った。

「伯母様、不審人物、もっとも容疑者にするには乏しいのですが、その人物の誰を追っても川島に繋がってくるのですよね」

「直子さんと川島の入った保険会社、何て言う会社だったかしら？」

「確か…ああ～、今日生命ですね」

健一は、手帳を開け確認し、

「その保険会社、今日女性を見失なった近くにあったわよね」

「アッ、そうですね」

「あの女性、保険会社の社員では」

「早速調べてみます」

「それでね、その女性ね、今日お願いしたフィルムの中にいるわよ」

「エッ、伯母様、相変わらず素早いですね、助かります」

「ホホホホ」

朝早く写真屋を起こし急がせた健一は、

「犬塚君、この写真を皆に渡して下さい」

「はい」

犬塚は、杉本、刈谷達に渡しながら、

「三本課長、この女性は？」

「昨夜話した謎の女性です」

「アレッ、この女性、我々が尾行した女性ですよ」

刈谷が一枚の写真を健一に見せた。

「それで？」

「昨夜高崎家で再度弔問客のリストを洗い直しまして、目星を付け、確認をしています。名前は安田早苗、住所は千代田区です。今から訪ねて見ます」

「ばかもんッ。遅いんだよ、今からでは。仕事に出かけたらそれだけ遅れるだろうが」

「はい」

「貴様ら詰めが甘いんだ、詰めが…」

本部長の顔が紅潮している。

「行って来ます」

後の説教が長いのを知っている課員は、一斉に飛び出した。一人残った健一に、

「女絡みの事件となると、長引く恐れがあるな」

本部長の嘆きに近い言葉である。

「そうですね、でも、意外に単純かも知れませんよ」

健一は、不審人物の身元が予想以上に早く割れて来たのに、根深い犯行ではないと思っているからである。

「三本君、たのむよ」

「部長、私も一件当たって参ります」

「一人で大丈夫か？」

捜査には、二人以上で当たることになっている。しかし健一の場合は、いつも特別であった。

「ええ、伯母と待ち合わせていますので」

「千光寺さんか。久しくお会いしていないな。近くへ来たら寄って下さるように伝えて下さい」

時子のことは、本部長もよく知っている。今までに何度も手助けを受け、年に一～二度は顔を出しているようである。

今日生命保険会社の前では、既に時子が健一の来るのを待っていた。

「早かったですね」

「健ちゃんが遅いのよ」

「はいはい」

「いたわよ、彼女。二十分ほど前に入って行ったから」

「やはりね」

時子は早くから、門前で出勤して来る社員をチェックしていたようである。二人はフロントで写真を見せ、

「こちらの社員の方で、この方がいらっしゃいますね」

「はい、営業部長の徳光です」

「お会いしたいのですが…」

「ちょっとお待ち下さい」

徳光玲子。営業部長、三十二歳、独身。なかなかのやり手のようである。

二人がロビーで待っていると、徳光が笑顔でやって来た。

「高崎さんは、本当にお気の毒でしたね。私共も、結婚記念にと、お勧めし、入ってもらったばかり…。まさか、こんなことになろうとは…?」

「それで保険金は、もう出されたのでしょうか？」

「いいえ、加入していただいて、まだ一カ月も経っていません。今、調査、審議しているところです。でも、契約は契約ですし、契約が成立致しております以上、御支払いすることになろうかと思います」

「ところで、五月二十七日、事件の当日ですが、徳光さんはどちらにおられましたか？」

「あらッ、ホホホホ。私のアリバイですか？」

「ええ、一応…」

「私、その日はまだオーストラリアにいました。二十九日に帰国し、事件を知らされ驚ろいたことでした。直ぐにご焼香させていただきましたが、私も気になって川島さんに事情をいろいろお聞きしたのですが、川島さんも被害者なんですね。あれほど仲が良かったのに、本当にお気の毒で」

旅行会社に問い合わせたところ、徳光はお客さんの引率を兼ね、一週間の旅行に間違いなかった。

「徳光のアリバイは完璧である、ということになりますね」

「もう一人の女性は？」

「刈谷達が当たっています」

時子と健一は、川島のマンションへと足を向けることにした。

マンションから少し離れた所では、犬塚達が張り込み中である。

「動きは？」

「今、五〜六人の男が…」

川島の部屋の前でしばらく中の様子を伺っていたが、いないことがわかり、出て来ようとしているところであった。

「あの男達、確か満一金融の取り立て屋だと思います」

犬塚は、以前トラブルの立ち会いに入ったとき顔を合わせた人物であることを覚えていた。

「金融会社…」

時子の目がキラッと輝いた。

「犬塚君達は、あの男達と川島の関係、それと…」

「アリバイですね、了解」

男達が車に乗り込むと、二人は後を追い始めた。時子と健一は、男達の話をしてくれた主婦を訪ねていた。

「奥さん、先日はありがとう。その後、何か変わったことは?」

「そうですね、川島さん、全然帰って来ないようですね」

「ところで、この女性を見かけたことはありませんか?」

「…ええ、時々来ていましたよ、よく川島さんのことを聞きに」

「そうですか、最近はいつ頃?」

「半月ほど前だったと思います。何か、もう一人女性が来て喧嘩腰で話していたので」

「そうですか、その後は…」

「その後は見かけませんね、でも刑事さん、その方だったら川島さんと同じ会社の方らしいですよ」

「えっ?」

「ほら、何とか証券…?」

「山形証券」

「そうそう、山形証券です」

「ありがとう、助かりました」

時子と健一は、山形証券へと急いだ。

フロントで写真を見せ、経理課の安田早苗、二十五歳、独身…。早速早苗と会うことが出来た。

「誠に不躾ですが、営業の川島良三さんをご存知ですね」

「はい、同じ会社ですから。それが何か？」

「川島さんとは特別なお付き合いは？」

「特別な付き合いはありません、同じ社員同士というだけです」

「時々、川島さんのマンションへ行かれているようですが？」

「よくご存知ですね」

早苗は、平然とふるまっているようであるが、少し顔が強ばっている。

「早苗さん、もしお構いなかったら、お食事でもしません？」

さりげなく切り出す時子の言葉に、

《警察の人が、どうして？》

と、不思議に思ったが、ここでは人目もあり、それに昼時でもあった。

「はい、それではちょっと準備をして来ます」

一旦引き返す早苗の姿に、

「伯母様、大丈夫でしょうか？」

健一は、早苗が逃亡するのではないか、と懸念していた。

「万一、逃亡するようであれば、彼女が犯人でしょう。大丈夫、あの娘の目は濁っていない」

直ぐに早苗は、私服に着替え出て来た。

「お待たせ致しました」

三人は少し早かったが、近くのレストランへ滑り込んだ。

「川島のマンションへはどんな用件で行ったのです?」

刑事のように、決めつけるような聞き方でなく、友達か身内のような話し方をする健一に少し安心したのか、

「川島さんは忙しい方で、会社に出て来るのも週に二〜三度。会社から連絡が付かないときなど、伝言を持って行くこともあります。自宅にもめったにいませんけれどね。それに…」

早苗は、奥歯に物が挟まったように、

「…少し、お金を貸してあげているもので…」

「特別な関係もないのに、お金を貸してあげているのですか?」

「別に意味はありません」

早苗はムッとしたようである。

「早苗さん、女にとってお金って大事よね。男の人って、誰にでも貸せ貸せって言えるかもしれないけれど、女はそうはいかないもの、困ったことだってあったでしょう」

横から、時子が助け舟を出す。

「はい」

「それで、どれくらい貸したの？」

「二百万ほど、貸したくなかったんですよ…。最初は、千円二千円でしたのですが段々大きくなって…」

「個人で、しかも女性の二百万といったら大変な金額よ」

「返して貰えるでしょうか？　いなくなりはしないかと思うと、どうしても確かめたくて、足を向けることもありました」

おそらく確かめに行くのが本音であろう、伝言であれば留守番電話で事が足りるはずである。早苗は、段々と肩を落とし、不安さを隠すことが出来ない様子である。

「ところで、川島さんが結婚するようになっていたことは？」

「知っています、結婚すればお金が入るので、まとめて返す、と言っていましたから」

「奥さんになられる方が亡くなったのも？」

「ええ、会社で噂になっていましたから」

「噂？　どんな噂？」

何か、話しにくそうであるが、

「…奥さんになるはずだった直子さんですが、川島さんに騙されているのだろうって…」

「騙される？」

「川島さんには、恋人がいるのです」

「それは誰ですか？」

「私から聞いたことは言わないで下さいよ…でないと…」

「大丈夫です、口外は致しません」

「…今日生命の徳光さんという方です」

「徳光玲子さんね」

「ご存知だったんですか」

「もう一つ教えて。五月二十七日の夜、早苗さんは何をしていました?」

「二十七日ですか。ああ、その日は退社後、一度川島さんのマンションへ立ち寄ったのですがいませんでした。その後…」

「その後…」

「翌日、実家で法事があり、少しお金が欲しかったので、新居のマンションへ行ってみました。でも、直子さんしかいないらしく、そのまま実家へ向かいました」

「新居のマンションへは何時頃?」

「九時前だったと思います。夜行のバスが十時過ぎに出ますので、急いでいましたから。管理人さんに尋ね、直ぐに引っ返して夜行バスに乗りました」

早苗の裏を取るのも時間がかからなかった。ますます謎に包まれてくる思いのする健一である。

「徳光、安田、川島、川田、全てアリバイがある。後は金融会社の男達だけのようね」

「川島と徳光は恋人同士、直子は騙されていた。少し不審点はあるけど、川島が直子にかけた保険金目当ての計画的犯行の可能性が伺えますね。保険の契約後直ぐの犯行、恋人の徳光は保険会社の幹部、何とでもなるでしょうからね」

「健ちゃん、早苗さん、まだ何か知っているように感じない？」

「素直に話してはくれたのですが、全てではないですね。例えば、あの喫茶店での徳光との会話…」

「そう、あの会話では、川島と徳光の弱みを握っているのが早苗。その早苗が二人を脅迫していた。でも、脅迫とは少しニュアンスが違うように思うけどね」

早苗に質問をしたとき、顔色が変わったのは、そのためであろう。

「早苗さんが何か重要な鍵を握っているようね、二人の企みを知るきっかけがあるように思うわ」

「早苗さんを、もう一度追及してもいいのですが」

「川島達に、早苗がマークされていることを知られたくない、よね」

「はい、あの喫茶店での意味がなんとなく引っかかる。川島達が犯人であれば早苗が邪魔になる」

「早苗さんから目を離さないことね」

「会社にいるときはさほど問題ないでしょうが、問題は、退社後…」

（ルルルル…ルルルル…）

「はい、三本」

「課長、金融会社の男達ですが、やはり満一金融の取り立て屋でした。彼らの話では、良三は多額の借金をしていて、それが焦げ付き状態のようです。彼ら自身は今度の件については深入りをしていないようで、アリバイもはっきりしています。ただ川島は、したたかな男だ、彼らの上手を行く、と変に関心をしているんです。どうしましょう、彼らを」

「署の方に任意同行させ、もう少し詳しく問い詰めてみる必要がありそうだね」

「はい、わかりました」

署に戻った健一は、本部長に呼ばれた。

「三本君、目星はどうなんだ」

「川島に動機はあります。しかし、確たる証拠が…。それに、彼に共犯者がいる可能性もあり、周辺を当たっています。共犯者を見つけるか、アリバイを崩すか、にかかっています。任意で取り調べる前に今一つ確証を掴んでおきたいのですが」

「確証をね。少し泳がして置くか」

「はい、ただ、目は離さないように致します」

「長くは泳がせないからね」

「はい、それから、安田の身辺警護を行ないたいのですが」

「安田、それは？」

「調査の結果、川島の事情にかかわり過ぎているようで、危険性があります」

川島と徳光の電話のやり取りを、健一達は盗聴しているだけに、川島達は追い詰められると何をするかわからない。

時子に呼び出された早苗は、レストランで食事をしている。

「早苗さん、ごめんね、呼び出したりして。私、刑事ではないから気を遣わないでね」

「はい」

「女同士でゆっくりお話ししたいと思っただけなの、いやなことは話さなくていいのよ」

早苗は、時子の呼び出しに何か不安なものを感じていた。ただ時子が早苗に、他人には言えない悩みを持っているだろう、きっと力になれると思うから、母親に相談していると思って話して頂戴、と言い、どことなく包容力のある時子と話す気になったのである。

「そろそろいい人を見つけて、お嫁さんに…と考えてみてはどう。いい人を紹介してあげるわよ」

「お嫁さんなんて…」

早苗は、少し顔を赤らめながら、恥ずかしそうに下を向いている。

「早苗さんぐらい美人だと、男性も黙ってはいないわよね」

「……………」

「もしかして、川島さんが好きだったのではないの？」

「……………」

「やっぱりね」

「でも、いいんです。彼は諦めました」

「でも、大金を貸してあるでしょ」

「ええ、おそらく返してもらえないでしょう。でも、いろいろ考えて、私と彼は長続きしないと思います」

「そうね」

時子は、早苗は騙されてボロボロになる前に手を切ることの出来る、賢い女だと思った。

「川島は、会社の金にも手を着けているのでしょう？」

「エッ、どうしてそれを？」

「早苗さん、川島をこれ以上追うのは止めましょう、おそらくお金は返って来ないでしょう。でも、貴女が汚れることを考えたら安いものだと思うわ」

「私も、最近になって、そう考えるようになりました。でも…」

「でも？」

「実は、川島さんから明日ドライブに行こうって誘われているのです」

「ドライブに？　それで、ＯＫしたの？」

「貸したお金を返してくれるメドが付いたから、詳しく話したい、と言うものですから。また騙される、ということがわかっているのに。未練がましいでしょう。いいえ、彼でなく、お金に…」

「女だったら、誰だってそうよ。でも大丈夫？」

「少し話して、騙されているのがわかったら、今度こそきっぱりと諦めます」

「ドライブの行き先は？」

「まだ行き先は聞いていません」

「貴女、携帯電話持ってる？」

「はい」

「じゃあ、行き先がわかったら、電話してくれる？　彼にわからないようにね」

「はい」

時子は、早苗に自宅の電話を教えた。

「伯母様」

「あらッ、健ちゃん」

「今別れたのは安田でしょう?」

「ええ、彼女と食事をしていたわ、それより、川島は、会社の金にも手を着けているようよ。それに、早苗さんと明日ドライブに行くらしいの。ちょっと危ないわね」

「目が離せませんね」

健一と犬塚、杉本と刈谷の二組に分かれ張り込みを行なっている。

時子も、朝早くから目が覚め、じっとしていられなかった。しかし、早苗からの連絡がいつ入るかわからない。動くことが出来ない。

《もう、血圧があがりそう》

痺れを切らした時子は、

「健ちゃん、動きはどう?」

「川島も、早苗さんもまだ動く気配がありません」

「迎えに来て」

時子は一度言い出したら聞かない。健一は鈴木、谷村が来るのを待って時子の所に向かった。

「伯母様、後は我々が追いますから」

「そうは行かないわよ」

「もう～、しょうがない」

健一達の車に乗り込み、早苗のアパートの方へ行くよう指示をし、張り込みの様子を聞いている。

「絶対に巻かれないこと、気付かれないこと、十分注意してね」

無線で厳しく念押しし、指示を出す。まるでデカ長のようである。

《ルルルル…ルルルル…》

時子の携帯電話が鳴る。

「もしもし」

「あッ、伯母様、早苗です。行き先は伊豆です」

小声で早苗の声が飛び込んで来る。

「はい、了解、またね」

「………」

「健ちゃん、伊豆、先回りよ」

「はい、了解」

無線で、刈谷からも、

「動き出しました」

連絡が届く。

「行き先は伊豆よ。途中何があるかもわからないのと、行き先の変更も考えられるから尾行は慎重にね」

「はい、了解」

健一は、にわかデカ長に、

「伯母様の携帯電話、誰にも教えないのではなかったのですか?」

「そうよ、健ちゃん以外は知らないわよ」

「でも、安田から」

「あらッ、遅れてるのね、自宅からの転送よ」

「えッ、転送?」

「そう、自宅へ電話が入ったら、この電話に繋がるようにセットしておくの。そうすれば全て、この携帯に繋がるわけよ」

「なるほど、それで…」

「どうしたの？」

「着信はどうなるのです、番号は？」

「自宅からの電話だから自宅の番号よ」

「そうですよね、解けましたね」

「良く気が付きました、ほほほほ」

「あれ、伯母様はわかっていたのですか？」

「今朝、転送にセットしたときにね」

健一は本部へ緊急連絡を取った。

「こちら、三本。川島の逮捕状を請求して下さい、アリバイが崩れました。なお、応援も頼みます、行き先は伊豆方面」

「了解」

伊豆半島の手前まで先行して来た時、

「健ちゃん、近くのドライブインへ寄って頂戴」

「えっ、どうして？」

「私もまだ女よ、どこでもというわけにはいかないの」

「もう〜ッ、こんなときに」

「こんなときだから大事なのよ、覚えときなさい」

「はいはい」

ドライブインで手洗いを済ましている時子の元に電話が入る。

「はい」

「伯母様、何か怖い。どうしよう？」

「今、何処なの？」

「伊豆半島の手前の薬局、川島が頭が痛いからと言って、鎮痛剤を買いに行っているの」

「そう、じゃあ、もう少し進むと、ドライブイン伊豆があるから、そこで手洗いをしたい、と言って降りなさい、いいわね」

「はい」

急いで電話を切ると、

「健ちゃん、車を裏へ回して。いつでも出せるところよ、急いで」

「どうしたんです？」

「もうすぐ、ここに来るのよ、目立たないように身を隠して。早く」

時子に急き立てられて、健一はドライブインの陰へ、犬塚は裏の駐車場へ、そして時子は再び女子手洗いへと急いだ。

やがて、川島のスポーツカーが滑り込んで来た。

「早苗、俺はコーヒーを飲んでいるから」

「ええ、直ぐ行くわ」

早苗は、川島を後ろ目に手洗いへと向かった。

「早苗さん、早苗さん、こっちよ」

時子は早苗の手を引き、レストランの死角を抜けて裏へと回り込む。

「犬塚君、安田さんよ、しっかり守っていなさいよ」

「はい」

時子は早苗を犬塚に預け、レストランへ向かった。

一方レストランでは、川島の前に運ばれた二つのコーヒー。溶かしているのは砂糖であろうか、その様子をジーッと健一が見つめている、何かをポケットに隠すように入れたのが気になる。

尾行して来た杉本達も、既に裏口、表と固めている。窓越しに、時子の合図が健一に伝わった。

「川島さん、こんにちわ」

「……」

「お忘れになりましたか、警視庁の三本です。その節はどうも」

「ああ、刑事さん。また今日は何か?」

「いえ、あっ、誰かお待ちですか?」

「いえっ、まあどうぞ」

「そうですか、じゃあ、ちょっとお邪魔します」

「コーヒーいかがですか? 連れが遅くなりそうですので、冷めるといけません。よろしかったらどうぞ」

「せっかくですから、戴きましょう」

「どうぞどうぞ」

健一に差し出したカップは、今しがた何かを溶し込んだコーヒーである。

「あッ、私は、そちらの何も入っていない方を戴けますか」

「えっ」

川島の顔から血の気が失せた。

「川島良三、高崎直子殺害の容疑で逮捕する」

「何を、何をおっしゃるのですか、私に直子が殺せるはずがないではないですか！」

「君は、二十七日の夜、そう事件当日、新居のマンションへ行った。管理人が床に着くのを見届け五〇三号室に行き、直子さんに会った。直子さんは、来客、いや来客でなく君であることがわかり、安心して部屋の中に入れた。君は直子さんの目を盗み携帯電話で自宅へ電話する。あらかじめ自宅の電話を新居の方に転送するようセットしてある。当然電話は繋がり直子さんが出る、君は後ろから直子さんの首を絞め殺害した」

「それなら、車の、車のメーター…」

「それは、直子さんを殺害した君は、マンションを抜け出し、近くに止めてあった自分の車に乗り込み、トリップメータを、0にしマンションから少し遠ざかってから、管理人に電話をする。新居と自宅の中間地点で引き返し新居に向かう。これで、距離と時間を合わせることが出来る。君の一人アリバイ作りは、失敗に終わったわけだ」

バーン、凄まじい勢いでテーブルが健一の方へ飛んで来た。健一は全身でテーブルを受け止め、他の客への害を防ぐ。しかし一瞬の隙を突き、川島は出口へ走った。健一は川島を追う。入口では杉本達が待ち構えている。川島は怯まず二人に体当たり、必死の思いで逃げる川島の勢いに二人の刑事は振り飛ばされていた。

「しまった!」

「待てー!」

跳ね起き、後を追おうとした時、川島の身体が宙に舞った。まるで木の葉のようである。

「ウ〜ッ」

アスファルトの上に叩きつけられた川島は直ぐには起き上がれそうにない。川島の手にはシッカリ手錠がかけられていた。

「伯母様、相変わらず、お見事ですね」

「老の冷水と言いたいのでしょう」

「いえいえ、伯母様は、まだまだお若い」

「そ〜おっ」

「あれっ、ハハハハ」

「ホホホホ」

連行された川島は、素直に犯行を認め、伊豆で早苗も殺害するつもりで睡眠薬入りのコーヒーを飲ませようとしたのだ。

直子との結婚は保険金目当ての計画的犯行であることを自供した。

健一は、高崎夫婦には、どうしても真実を話すことが出来なかった。

良三と結婚することに、少しも疑わなかった純粋な直子、そんな直子が、あまりにも可哀想でならなかった。

時子と健一は、直子の墓前に、せめて花で埋もれてしまわんばかりに、と墓石を花で包み込ませていた。

「刑事さん、ありがとうございます」

いつの間にか、弟の晃と、両親が涙ながらに立っていた。

晃は、箱から純白のウエディングドレスを取り出し、墓石にかけた。

「綺麗だよ、直子。本当に綺麗だよ」

一郎の涙声が優しく響く。

六月の花嫁！

幸せになりきれなかった彼女への、せめてもの贈り物……眩しく光る。

【お断わり】

以上の作品はフィクションですので登場する人物団体、そのほかのすべては架空のもので実在しません。仮りに似たようなものがあっても本篇と一切関係のないことを、お断わりしておきます。

作者

著者プロフィール
高橋 克滋（たかはし かつじ）
本名・高橋 照男（たかはし てるお）
1946年 高知県生まれ
四国山中の嶺北高等学校卒業後
兵庫県尼崎市にて、自動車のセールスとして出発
1982年 建設業界に転職
子育ての中で子供会、PTA会長を務め、人の心の暖かさを学ぶ
1992年 代表取締役に就任
専門職を通じ、若者の育成に助力中
日本鳶工業連合会、四国鳶土工連合会、高知県鳶土工連合会所属

風の中の殺意

2000年10月1日 初版第1刷発行

著 者 高橋克滋
発行者 瓜谷綱延
発行所 株式会社文芸社
〒112-0004 東京都文京区後楽2−23−12
電話03-3814-1177（代表）
03-3814-2455（営業）
振替00190-8-728265

印刷所 株式会社平河工業社

乱丁・落丁本はお取り替えします。
ISBN4-8355-0837-8 C0093